詩를
연주
하다

詩를 연주하다

펴낸날　　초판 1쇄 2019년 10월 15일

지은이　　국혜숙
펴낸이　　서용순
펴낸곳　　이지출판

출판등록　1997년 9월 10일 제300-2005-156호
주　소　　03131 서울시 종로구 율곡로6길 36 월드오피스텔 903호
대표전화　02-743-7661　**팩스**　02-743-7621
이메일　　easy7661@naver.com
디자인　　박성현
인　쇄　　네오프린텍(주)

ⓒ 2019 국혜숙

값 13,000원

ISBN 979-11-5555-120-2　03810

이 도서의 국립중앙도서관 출판예정도서목록(CIP)은 서지정보유통지원시스템 홈페이지
(http://seoji.nl.go.kr)와 국가자료공동목록시스템(http://www.nl.go.kr/kolisnet)에서 이용하실
수 있습니다.(CIP제어번호: CIP2019039110)

▶ 국혜숙 산문집

詩를 연주하다

시낭송의 길

이지출판

　지리산智異山은 '어리석은 사람이 머물면 지혜로운 사람이 된다'는 의미가 담겨 있다고 합니다. 저는 그 산 아래에 살면서 어리석은 사람이 되지 않으려고 나름대로 노력했습니다. 그러나 쉽지 않았습니다.

　세월이 흘러 시낭송가가 되었습니다. 소리가 생각을 불렀는지 감정이 정서를 이끌었는지, 이 작은 재능으로 의미 있는 일을 하고 싶다는 생각이 들었습니다. 모든 예술의 세계가 그러하듯 시는 삶에 기쁨을 주고 감동을 줍니다. 낭송은 그 기쁨을 확산시켜 더 큰 감동을 안겨줍니다. 뿐만 아니라 심신을 고양시켜 줍니다. 그래서 시낭송을 보급하는 일은 가치 있다고 생각되어 열정을 가지고 임했습니다.

　그러면서 간절히 글을 쓰고 싶다는 생각이 들었습니다. 그러나 글은 참으로 더디 자랐습니다. 틈틈이 글을 써오긴 했지만 용기가 나지 않았고, 기다림은 오랜 침묵으로 이어졌습니다.

올해 결혼 40주년을 맞았습니다. 이것이 계기가 되어 그동안 문학지에 발표했던 수필과 신작을 엮어 조심스럽게 세상에 내놓습니다. 특히 시낭송을 전파하면서 얻은 치유의 소중한 경험과 서초금요음악회를 진행하면서 놓치기 아까운 순간들을 글로 표현했습니다. 그러므로 이 책은 시낭송가로서의 경험을 산문으로 풀어 낸 산문집에 가까울 것입니다.

그동안 살아오면서 고마운 분들을 많이 만났습니다. 힘들 때 위로와 격려로 용기를 주신 분들도 정말 많았습니다. 사랑의 그늘막이 되어 준 가족과 저에게 힘을 실어 준 많은 분들께 진심으로 고마운 마음을 전합니다. 그리고 이지출판의 서용순 대표에게도 감사의 마음을 표합니다.

2019년 청명한 가을날
국 혜 숙

시낭송을 통한 봉사와 시치유의 힘

유자효 시인

성공하는 삶이란 어떤 것일까요?

그것은 우선 중심이 있는 삶이어야 할 것입니다. 흔들리지 않으면서 최선을 다하는 삶, 나아가 주변에 그 향기를 전하는 삶이어야 할 것입니다.

그런 점에서 저는 국혜숙 선생이 성공하는 삶을 살고 있다고 생각합니다.

국 선생 삶의 중심은 시낭송입니다. 선생은 국내 최고의 권위를 자랑하는 재능시낭송대회 전국 결선에서 대상을 받으신 분입니다. 그리고 전국 규모의 재능시낭송협회 중앙회장을 지냈지요.

선생의 시낭송은 늘 듣는 사람에게 감동을 줍니다. 그만큼 시낭송의 진면목을 보여 주는 분이지요.

선생은 또 자신의 시낭송 재능을 사회봉사로 확장시킨 분입니다. 국 선생이 주로 찾는 곳은 독거노인, 대소 규모 보호센터, 치매노인들의 요양원, 지적장애복지원 등입니다. 이런 곳에서 시를 읊어 주고 함께 시를 읽습니다.

그런데 놀라운 것은 이 노인들이 그녀와 함께 시를 읊으면서 마음의 문을 열고 잃어버렸던 감성을 회복해 간다는 사실입니다. 이것은 요즘 관심을 모으고 있는 시치료(Poetry Therapy)의 실증적 사례라고 하겠습니다. 선생은 시낭송을 활용한 봉사활동으로 시치료를 체험하고 실천하고 있는 분입니다.

선생은 또 아름다운 리더들의 모임(아리모)이라는 봉사단체를 이끌고 계십니다. 그녀가 이 단체를 통해 길러낸 어린이들이 이제는 성인이 되어 함께 봉사활동에 나섭니다. 선생은 학교 교육이 하지 못하는 봉사 교육을 실천하는 참된 교육자라고 하겠습니다.

이런 일들로 그야말로 몸을 방전해 가며 뛰어다니던 국혜숙 선생이 자신의 체험을 책으로 묶어 냈습니다. 자신이 수필가이니만치 독자들은 시낭송과 접목된 봉사의 세계를 아름다운 문장으로 만날 수 있습니다.

사람이 하는 일 가운데 가장 거룩한 일이 남을 위한 봉사라고 합니다. 국 선생은 이 거룩한 일에 시낭송을 보태어 향기를 이끌어 냈습니다.

독자들께서는 시낭송이 얼마나 큰 힘을 갖고 있는지 이 책을 통해 체험해 보시기 바랍니다. 그래서 우리가 함께 사는 이 세상을 보다 살기 좋은 곳으로 만드는 것이 이 책을 읽는 보람이 될 것입니다.

詩를 연주하다 _ 차례

1. 시를 연주하다

2. 시낭송 치유

3. 서초금요음악회, 회상하다

4. 섬진강 연가

1. 시를 연주하다

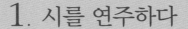

시를 연주하다

나는 어린 시절을 시골에서 보냈다. 지리산 줄기의 울창한 숲속에서 풀 향기를 맡았고 섬진강 모래밭을 운동장 삼아 뛰어놀았다.

중학 시절에는 황금들녘 논두렁에서 친구들과 즉흥시를 읊곤 했다. 오랜 세월 동안 산과 강은 우리들의 놀이터였다. 내가 시낭송을 할 수 있었던 것은 무의식적으로 소리가 주는 음률과 감흥을 자연 속에서 몸으로 터득했기 때문이 아닐까 싶다.

시를 최초로 읊은 사람은 호메로스라는 남자 맹인이었다고 한다. 〈일리어드〉와 〈오딧세이〉 서사시도 당초 구송口誦으로 전해졌다.

내가 처음 낭송의 맛을 알게 된 시는 김영랑 시인의 〈모란이 피기까지는〉이었다. 읽을 때마다 리드미컬한 음률에 빠져들어 입에서 자꾸 맴돌았다. '나는 아즉 나의 봄을 기둘리고 잇슬테요', '봄을 여흰 서름에 잠길테요', '하냥 섭섭해 우옵내다' 등의 시어들이 맛깔스러웠다. 더욱이 전라도 방언은 정감이 있었다. 시에 빠져들어 자꾸 읽다 보니 자연스레 암송하게 되었다.

시는 많이 읽을수록 감칠맛이 난다. 곱씹을수록 이미지가 선명하게 그려지며 뜻이 깊어지고 적확하게 표현할 수 있게 된다. 삼백 번쯤 읽으면 노래가 되어 내 몸 안으로 들어오고, 오백 번쯤 읽으면 푸른 피가 되어 내 몸 곳곳에 스며든다. 그 감동을 청자聽者에게 전달할 때 시적 감흥은 배가 된다.

나는 낭송할 장소와 무대를 찾아다니고 청중들에게 맞는 시를 찾기 위해 시집을 펼쳐놓고 읽을 때 마냥 행복하다. 술에 취하듯 시에 취해 울컥하기도 하고 깊은 상념에 빠지기도 한다. 그러는 사이 저절로 힐링이 된다. 꼭 맞는 시를 찾았을 때의 기쁨은 말할 수 없이 크다. 금광에서 금줄기를 발견한 심정이라고나 할까.

낭송자는 시를 음성언어로 잘 표현하기 위해 고심한다. 시 속에 감춰진 음률과 리듬을 찾아내어 시어에 담긴 함축된 이미지를 표현하기 위해 노력하면서 몇날 며칠, 때로는 몇 년 동안 시를 품고 산다. 언어 자체의 음감과 리듬을 확장하는 것이 만만치 않기 때문이다.

시낭송을 도구 삼아 전문봉사단원들과 곳곳에 봉사활동을 하던 중, 어느 해 추석 무렵 노인요양센터에서 있었던 일은 잊을 수가 없다. 정지용 시인의 〈향수〉를 낭송할 때였다.

> 넓은 벌 동쪽 끝으로
> 옛이야기 지즐대는 실개천이 휘돌아나가고
> 얼룩백이 황소가
> 해설피 금빛 게으른 울음을 우는 곳
> 그곳이 참하 꿈엔들 잊힐리야

1연이 끝나자 휠체어에 앉아 있던 육십 대 노인이 중얼거리면서 흐느꼈다. 그리고 어깨를 들썩였다. 봉사자들이 달려가 눈물을 닦아 주었다. 낭송이 진행될수록 할아버지는 더 격렬하게 어깨를 들썩였다. 급기야 손을 하늘로 올리고 서럽게 통곡하였다. 센터장 수녀와 봉사자들이 달려가 어깨를 주무르며 진정시켰다. 낭송이 끝난 후 센터장의 이야기를 듣고 놀라지 않을 수 없었다.

"오늘 기적이 일어났습니다. 저 어른은 감정을 표현하지 못하고 말씀도 못하시는 분이에요. 그런데 낭송을 들으면서 눈물을 흘리고 큰 소리로 감정 표현을 하셨어요. 또 몸이 굳어서 숟가락도 못 들어 식사도 떠먹여 드리는데 팔을 머리 위로 올리셨구요."

수녀님은 흥분을 감추지 못했다. 몸도 마음도 굳어질 대로 굳어진 노인이 움직이다니. '그곳이 참하 꿈엔들 잊힐리야'라는 구절을 들으며 참고 있던 속울음이 터진 것이다.

분노나 슬픔 같은 감정들이 억압되면 육체와 정신이 변화를 일으켜 정신이상이나 신체마비가 나타나기도 한다. 시는 일반적인 대화로는 전달될 수 없는 어떤 미묘한 부분을 담고 있기에 자기 마음에 와 닿는 시를 만나면 변화가 일어난다.

그동안 얼마나 답답하셨을까. 응어리가 풀리기를 바랐다. 그 후 점점 수족이 풀리고 있다는 얘기를 들었다. 시낭송이 제대로 힘을 발휘한 것이다.

낭송의 힘은 전혀 생각지 못한 곳에서 드러나기도 한다. 몇 해 전, 눈 피해를 입은 강원도 옥계면에서 위로 공연을 할 때 일이다. 장소가 마땅치 않아 오일장이 열리는 도로 옆에 텐트를 쳐놓고 그 앞에서 낭송했다. 무대에 오르는 순간 허허벌판에 서 있는 느낌이었다. 어르신들이 좋아할 심순덕 시인의 〈엄마는 그래도 되는 줄 알았습니다〉를 읊었다.

오일장 천막 사이로 언뜻언뜻 고개를 내미는 얼굴들이 보였다. 그들은 무심한 척하면서도 시를 듣고 있었던 게 다. 길가 한모퉁이에 앉아 있던 아주머니와 할머니들의 눈가도 촉촉해졌다. 내 이야기이고 우리들의 이야기이니 공감이 되었나 보다. 감동은 화려하고 멋진 곳에서만 오는 것이 아니라 소박한 곳에서도 온다는 것을 알았다.

나는 가끔 낭송을 하면서 무대에서 시문詩文을 잊어버려 진땀을 빼기도 하고 또 시의 맛을 제대로 표현하지 못해 자책할 때도 있다. 내게 재능이 있기는 있는 걸까. 때로는 좌절하면서 더러 자문도 해 본다.

그래도 마음에 담고 있는 소망 하나는 시어 한마디라도

청자의 마음에 닿을 수 있는 낭송을 하고 싶다. 변함없는 낭송으로 오랫동안 영혼을 울리는 악기가 되고 싶은 것이 나의 마지막 꿈이다.

시낭송가가 되다

1995년의 일이다. 주민들의 추천으로 서초구민회관 대강당(현 서초문화예술회관)에서 열리는 '시와 음악의 향연' 서초구 시낭송대회에 출전하여 김현승 시인의 〈가을의 기도〉로 장원을 했다. 행운이었다. 그해 심사위원은 허영자, 박이도, 유안진, 김소엽 시인이었고 심사위원장은 소년한국일보 김수남 사장이었다.

그 다음해 심사는 성찬경, 김후란, 유안진, 신달자, 박이도 시인이었고 심사위원장은 역시 김수남 사장이었다. 나는 전년도 수상자로서 찬조 낭송을 하였고 심사위원장인 김수남 사장은 특별 시낭송을 하였다. 그날 내게 물으셨다.

"재능시낭송협회를 아세요?"

"아니요, 잘 모릅니다."

"재능시낭송협회로 꼭 가세요. 명함을 줄 테니 내게 전화하세요."

명함에는 '소년한국일보 사장 김수남'이라고 쓰여 있었다. 그 당시는 잘 몰랐으나 그분은 우리나라에 시낭송 물결을 일으킨 선구자로 한국시인협회와 한국현대시인협회로부터 명예시인으로 추대된 분이었다.

그런데 내게 명함을 준 지 6개월 후에 소천하셨다. 안타까웠다. 생각해 보면 병상 입원 중에 심사하시고 서정주 시인의 '무슨 꽃으로 문지르는 가슴이기에 나는 이리도 살고 싶은가'란 시를 감동적으로 시연해 보이고 명함을 준 후 하늘 길로 가신 것이다. 잊을 수 없는 인연이다.

1997년 2월 재능시낭송협회에 입회하였다. 이곳은 시낭송을 보급하는 가장 오래된 단체로 재능문화와 한국시인협회가 공동 주최하는 전국 최대 규모의 시낭송대회를 열었다.

4월에 재능 시낭송 서울대회에 나가 우수상을 받았다. 실력이 부족한 것을 자책하면서 몇날 며칠을 끙끙 앓았다. 두문불출하고 시만 읊으며 지냈다. 후에 생각하니 그

시간이 나를 단련시키는 소중한 기회였다.

그해 7월, 문화일보에 제1회 전국 남녀 시낭송대회가 공지되었다. 전국에서 성인 남녀 육십여 명이 참가했다. 예선은 각 분야 전문가 일곱 분이 심사하고, 본선은 다른 유명 시인 몇 분, 성우와 연출가, 연극배우 등 일곱 분이 심사했다. 쟁쟁한 분들이었다. 나는 조병화 시인의 〈늘, 혹은〉으로 대상을 받았다.

그해 10월 재능시낭송협회 시낭송 축제가 열렸다. 해마다 전국 시낭송 애호가들이 모여 2박3일 동안 진행되는 행사였다. 마지막 날에는 전국 시낭송 본선대회 출전자격이 주어지는 대회가 열렸다. 나는 김소엽 시인의 시로 최우수상을 받아 본선에 출전할 수 있었다.

그날부터 시 속에 묻혀 지냈다. 본선대회에서 낭송할 시를 찾기 위해 서점에서 살다시피 했다. 집에 올 때는 시집을 한아름 사가지고 왔다. 그러고도 서초동 국립중앙도서관으로 매일 출근하여 낭송할 시를 찾았다.

가장 어려운 것은 시의 선택이었다. 작품성과 문학성이 뛰어난 시, 검증된 시, 새로 발굴한 시, 리듬이 살아 있고 고저강약이 잘 표현된 시, 나의 장점을 살려 성량과 음폭을 살릴 수 있는 시, 기승전결이 잘 된 시, 적당한 길이의 시 중에서 열 편을 골랐다.

그런 다음 한 편 한 편 지은이의 삶과 시를 쓰게 된 동기와 시대적 배경, 또 시의 이해를 돕기 위해 많은 책을 읽었다. 그리고 표준발음, 장단음과 강약, 시의 전체적인 흐름과 느낌, 속도와 포즈, 호흡과 발성, 시어에 깃든 색감과 어조, 행 사이에 감도는 서정이나 여운을 체화시키며 시적 교감이 형성되도록 정성을 들였다.

몇십 번, 몇백 번을 읽으며 되새김질하였다. 녹음을 듣고 또 들으며 다양한 방법으로 연습했다. 그랬더니 어느 때부터인가 시가 내 몸 안으로 들어오는 것을 느꼈다. 시어가 생명력 있는 언어로 태어난 것이다. 그 감흥은 무어라 표현할 수 없었다.

그러는 동안 낭송은 목소리로 하는 것이 아니라 가슴으로 하는 것이라는 것을 알았다. 최종 열 편 중에서 다섯 편, 다시 세 편을 고르고 대회 임박해서는 한 편을 담금질하였다. 다행히 어렸을 때부터 웅변을 했고 오랫동안 합창단에서 활동한 것이 도움이 되었다.

드디어 1997년 12월 23일 전국 16개 지역 예선대회에서 최우수상을 받은 실력자 29명이 겨누는 제7회 전국 재능 시낭송 본선대회가 열렸다. 심사위원은 이근배 심사위원장과 허영자, 황명, 신현득, 김송희, 김소엽 시인이었다. 나는 박두진 시인의 〈푸른 하늘 아래〉를 낭송하였다. 낭송대회에 처녀 출전한 시였다.

그날, 무대에서 낭송할 때를 잊을 수가 없다. 제목을 말하고 객석을 바라보는데 한 줄기 빛이 하늘에서 나를 향해 쭉 뻗는 것이었다. 결과와는 상관없이 나의 기량을 충분히 발휘하였다. 영광스럽게도 대상인 교육부장관상을 받았다. 신문 인터뷰를 하면서 하늘로 날아가는 기분이었다. 꿈을 꾸고 있는 것 같았다.

생각해 보니 그날의 컨디션과 건강상태 또 심사환경과 심사위원의 성향이 수상의 변수가 될 수 있다. 서두를 것도, 초조할 것도 없이 낭송을 즐기다 보면 좋은 기회가 오는데 나는 자신을 너무 다그쳤던 것 같다.

그해 재능 시낭송가로 등극한 사람은 17명이었다. 시낭송가가 되고 나니 김수남 사장의 명함은 단순한 명함이 아니라 시낭송을 널리 보급하라는 그분의 유지라는 생각이 들었다. 병상 중에 '나는 이리도 살고 싶은가' 하고 시를 낭송하며 벌떡 일어나 절규하던 모습과 '내가 아조 가는 날은 돌아오려가' 하고 무언가를 응시하던 모습은 지워지지 않은 정지 화면이 되었다.

그로부터 이십 년이 흐른 후 '청록집 70주년 기념공연' 때 박두진 시인의 〈푸른 하늘 아래〉를 독송하는 기회가 있었다. 마음을 다졌던 그날의 기억이 새로웠다.

나의 애송시

아무도 없는 새벽, 솔숲에 삽상한 바람이 분다. 그 숲길을 걸었다. 간밤에 내린 비로 계곡물은 천지를 진동시키고 그 소리에 천년 세월의 돌담 이끼는 파르라니 떨리고 있다. 바위틈에 핀 여린 꽃잎들도 놀라서 입을 다물지 못하고 풀잎들은 해맑은 이슬을 머금고 있다.

지리산 노고단으로 향하는 등산로. 우람한 나무들이 하늘을 찌를 듯이 뻗어 있다. 어느 틈엔가 안개에 갇혀 앞이 보이지 않았다. 발걸음을 옮기다가 그만 발이 돌 틈에 끼어 미끄러지고 말았다. 바위에 주저앉아 앞뒤를 돌아보았다. 그동안 얼마나 많이 걷던 길인가. 눈길이 닿는 곳마다 추억이 되살아났다.

여름방학 때는 온 가족이 땀을 뻘뻘 흘리며 등산로를 오르내렸다. 더위를 피하려 폭포수 아래에서 물맞이도 했다. 화엄사 등산로를 따라 삼십 분 정도 걸으면 명당자리가 있다. 수건을 머리에 둘러쓰고 일렬종대로 폭포수 아래에 서면 우두둑 떨어지는 물소리. 더위는 단번에 날아가고 입술은 파래졌다.

그사이 어머니는 닭을 삶아 뜨거운 미역국을 끓여 주었다. 맛있게 미역국을 먹고 햇볕이 내리쬐는 바위에 누워 단잠을 청하면 오직 들리는 건 매미소리와 물소리뿐. 천국이 따로 없었다. 잠에서 깨면 맑은 계곡에서 송사리, 가재를 잡으며 물놀이를 하곤 했다.

등산로를 내려와 화엄사 입구 '詩의 동산'으로 향했다. 고향에 내려오면 부모님과 자주 들르던 곳이다. 삼십여 년 전, 어느 시인이 사재를 털어 기증한 시비와 군에서 조성했다는 시의 동산. 이곳에는 널리 알려진 50여 기의 시비가 있다. 〈초혼〉, 〈나그네〉, 〈승무〉 등의 시와 조각이 언덕 곳곳에 숨어 있다.

수려한 지리산 자락에 안겨 바람에 풀리고 세월에 풀린 시혼들이 넘실대는 곳. 바람이 낭송하고 나무들이 듣는 곳이라고나 할까. 산책길 따라 시비와 조각물을 두루 돌아보았다. 얕은 오르막길을 오르내리다가 등나무 우거진 벤치에 앉았다. 새록새록 추억이 묻어났다.

몇 년 전 이곳에 다녀간 적이 있다. 그때도 우리 가족 외에는 아무도 없었다. 사람이 별로 오지 않아 그늘진 나뭇가지에는 거미줄이 걸려 있기도 했다. 그날도 팔순의 어머니는 시를 크게 읽어 보라고 하셨다.

"시를 들으니 참 좋―네."

한 편의 시를 읽고 나면 이 시도, 또 이 시도 계속해서 읽으라고 하셨다. 나는 어머니의 흐뭇한 미소를 보면서 산책로를 따라 읽고 또 읽었다. 시간가는 줄 몰랐다.

시비는 오랜 세월에 묻혀 흙먼지를 뒤집어쓴 것이 많고 글씨가 희미해져 잘 보이지 않는 것도 있었다. 어머니는 주머니에서 손수건을 꺼내 거미줄과 먼지를 걷어내고 말끔해질 때까지 열심히 털고 닦으셨다. 행여 글씨가 잘 보이지 않으면 딸이 읽는 것을 멈출까 봐 더 열심이신 듯했다. 시가 좋으셨을까, 아니면 시를 읽는 딸의 모습이 좋았을까. 아무튼 내가 시낭송가가 된 것은 어머니의 시심 덕분이지 싶다.

그때 가슴을 두근거리게 하는 시를 만났다. 눈을 뗄 수가 없었다. 읽을수록 감정이 고조되었다. 3·3·3 리듬, 때로는 우아한 왈츠곡으로, 때로는 느리게 또는 빠르게 춤추는 듯한 시를 낭송하면서 마냥 행복해했다. 바로 박두진 시인의 〈청산도〉다.

　　산아. 우뚝 솟은 푸른 산아. 철철철 흐르듯 질푸른 산아. 숱한 나무들, 무성히 무성히 우거진 산마루에, 금빛 기름진 햇살은 내려오고….

'청산도' 어휘만 들어도 내 마음은 초록빛이 되었다. 손에 초록 물감이 드는 것 같고 지리산이 눈앞에서 초록으로 출렁이었다. 영원한 생명력을 지닌 청산과 볼이 고운 사람을 표현하면서 시에 취하고 리듬에 취하고 감정에 취했다. 읽을수록 가슴이 뛰고 울림이 크게 와 닿았다. 우리 고유의 소리가 들리는 듯도 했다. 음이 자진모리, 중모리, 휘모리로 몰아쳤다. 그 후 나는 가족들과 지리산 노고단을 오르기만 하면 질푸른 나무들을 바라보며 〈청산도〉를 목청껏 읊곤 했다.

이 시를 낭송할 때면 오래전 중학생 때 일이 생각났다. 친척들과 함께 노고단을 올라가고 있었다. 그런데 갑자기 아저씨들이 깃발을 펄럭이며 빨리 바위 밑에 숨으라고 소리쳤다. 무슨 영문인지 모르지만 큰 바위 밑에 들어가 머리를 숙였다. 곧이어 다이너마이트가 터지면서 굉음이 나고 산이 흔들렸다. 바위가 갈라지고 나뭇가지가 찢어지면서 돌이 우르르 굴러가는 소리가 들렸다. 천은사에서 노고단으로 도로를 내는 공사였다. 그날 밤 나는 끙끙 신음 소리를 내며 밤새 잠꼬대를 했다고 한다.

그래서일까. 나는 〈청산도〉를 낭송할 때마다 산의 신음 소리를 듣는 듯했다. 또 돌아가신 부모님과 노고단을 오르내리던 때가 생각나서 나도 모르게 절절하게 낭송했다. 특히 이 구절에선 목이 메었다.

아득히 가버린 것 잊어버린 하늘과, 아른 아른 오지 않는 보고 싶은 하늘에, 어쩌면 만나도질 볼이 고운 사람이, 난 혼자 그리워라. 가슴으로 그리워라.

그 뒤 이 시는 나의 애송시가 되었다.

지금쯤 '시의 동산'에는 산새소리, 등나무, 야생화와 함께 시의 언어들이 꽃처럼 피어나고 있겠지. 언젠가 시 잔치를 벌이는 날 나 거기 있기를, 하루빨리 그날이 오기를 기대한다.

아름다운 시낭송학교

재능 시낭송 여름학교가 열네 번째 열리고 있다. 재능교육과 한국시인협회 주최로 열리는데 전국에서 삼백여 명의 시낭송 애호가들의 참여하는 시낭송 축제다. 통영, 욕지도, 군산, 안동을 비롯하여 올해는 작년에 이어 순천대학교에서 성황리에 열렸다.

'2009 재능 시낭송 여름학교'는 우리나라 남단인 욕지도에서 2박3일간 열렸다. 섬은 사람들의 마음을 설레게 한다. 그래서인지 시를 좋아하고 시낭송에 관심 있는 분들이 전국 각처에서 몰려왔다. 제주에서 하늘로 날아오고 강원도에서 산길로 달려왔다. 120명만 참석할 수 있는 것이 아쉬웠다. 욕지도 재능 시낭송 여름학교는 만선이었다.

서울에서 통영에 도착하여 삼덕항을 떠나 32km 가는 뱃길은 옅은 회색 바다였다. 흰 포말을 머금으며 길을 재촉했다. 시원始原의 모습이 이랬을까. 하늘과 바다가 하나 되어 신비로움과 경외감을 느끼게 했다.

다음날 새벽 해안가 도로를 산책했다. 배 한 척 없는 망망대해는 유리처럼 고요하고 평화로웠다. 아침 바다는 햇빛에 반사되어 반짝이었다. 바다를 바라보며 걷다 보면 뒷산에서 오케스트라를 연주하듯 새들의 소리가 들렸다. 하이톤의 바이올린과 낮은 첼로음도 들리고 할아버지 목소리처럼 허스키한 저음도 들렸다. 포구에 묶인 배들과 물고기들, 아기자기하게 펼쳐진 섬들은 소풍 나온 듯 그림같이 아름다웠다.

한국시인협회 회장이자 시낭송학교 교장인 오탁번 시인은 통영에서 숙박하고 들어온 분들도 많다면서, 어떻게 하면 이렇게 많이 모일 수 있느냐고 물으셨다. 오탁번 시인의 '시의 뜻과 소리' 특강에 이어 허영자, 유자효, 이가림, 안도현 시인, 송복 연세대 명예교수, 김상준 전 KBS 아나운서 실장의 강의는 진지하고 알찼다.

수강생들의 열기도 뜨거웠다. 시낭송 페스티벌, 시낭송

클리닉, 시낭송대회 등 빡빡한 일정이지만 자연과 함께 매우 낭만적이었다.

새벽에는 천황산을 올라갔다. 넓은 바다를 바라보면 막힌 가슴이 뚫린 듯 시원했다. 욕지도 천연기념물인 모밀잣밤나무 언덕도 오르고 붉은 땅에 심어 놓은 고구마 밭도 보았다. 도서관 앞 잔디에서 열린 시낭송학교 마지막 밤 축제는 환상과 낭만 그 자체였다.

이곳은 우리나라 최초로 시낭송 운동을 일으킨 김성우 고문의 고향이다. 문학과 연극을 지극히 사랑한 저널리스트는 예술의전당을 설계한 김석철 건축가가 지은 집에 살고 있다.

모든 행사가 끝나고 우리는 자전적 에세이 〈돌아가는 배〉를 당호堂號로 삼은 선박 모양의 선실에서 시낭송의 밤을 보냈다. 이곳에는 이름만 들어도 귀가 번쩍 뜨일 귀한 자료들이 많았다. 국내 유명한 문화예술인들 그리고 서정주 시인이 직접 쓴 귀촉도 병풍과 해외 음악회와 연극 관람 티켓과 팸플릿, 프랑스 철학자 장 폴 사르트르, 프랑스 여류작가 프랑수아즈 사강, 소설가 시몬느 보부아르, 시인 르네 샤르, 극작가 이오네스크, 소설가 롤랑 바르트,

연출가 장 루이 바로, 영화배우 장 마레와 인터뷰한 사진과 기사들이 월석처럼 전시되어 있었다.

욕지도에서 특히 아름다운 곳이 있다. '새천년 기념공원'이다. 에게 해의 수니온곶처럼 툭 트인 바다를 한눈에 볼 수 있다. 이곳에는 김성우 고문의 〈돌아가는 배〉 문장비가 태평양을 바라보고 있다.

> 나는 돌아가리라. 내 떠나온 곳으로 돌아가리라. 출항의 항로를 따라 귀항하리라. 젊은 시절 수천개의 돛대를 세우고 배를 띄운 그 항구에 늙어 구명보트에 구조되어 남몰래 닿더라도 귀향하리라.
>
> (중략)

감동적인 시구다. 산문집에 이런 구절이 있다.

"시는 영혼의 방부제다. 시로 존재론적 갈증을 풀어주는 것이다. 육체적 갈증은 물을 마시면 해결되지만 영혼의 갈증은 시를 마시며 실행할 때 풀어지는 것이다."

명문장가는 오늘도 영혼의 갈증을 풀기 위해 쉬지 않고 있다.

돌아오는 날, 단체버스는 깎아지른 절벽을 끼고 해안을 일주했다. 덕동을 지나 흰작살마을, 삼여마을의 크고 작은 섬들은 징검다리처럼 옹기종기 모여 있어 더 정감이 갔다. 특산품인 가두리 고등어 양식장도 볼거리였다.

욕지도에서 열린 시낭송학교는 처음이자 마지막이었다. 그곳을 기억하는 분들이 아직도 있다.

"아름다운 시낭송학교 '욕지도'를 잊지 못하지요."

철썩이는 바다와 성게 미역국이 생각나는 모양이다.

미당 시 〈자화상〉을 낭송하며

오래전 미당의 '사내자식 길들이기' 공연을 예술의전당에서 한 적이 있다. 또 다른 곳에서도 미당 시를 접할 기회가 많았다. 그때마다 우리말의 가락과 정서를 유려하고 풍성하게 살려 낸 시에 깊이 빠져들었다.

김화영 교수는 소리에 민감한 미당의 시는 외워서 입으로 소리 내어 읊어야 비로소 그 깊은 맛과 청각적 이미지의 동적動的인 아름다움을 전신全身의 갈피갈피에서 음미할 수 있다고 했다. 그래서일까, 나는 〈자화상〉이 특히 좋았다. 여러 빛깔의 오묘한 맛이 나서다. 차분하게 이야기하듯 또 서글프게 낭송할 수도 있으며 절규하듯 토로할 수도 있는 시가 〈자화상〉이다.

미당은 스물셋 늦봄, 제주도 여행을 다녀와 추석 무렵에 이 시를 썼다고 한다. 당시 결혼도 했고 직업도 가졌지만 방황과 기행을 일삼던 과거를 되돌아보며 자기 고백을 했다. 미당은 젊은 나이에 자화상을 썼지만 나는 이제 와서야 자화상을 써 본다. 나는 누구인가. 어디에서 왔으며 무엇을 위해 어떻게 살아가고 있는가.

다른 시인들의 자화상은 어떨까. 한하운 시인은 "한 번도 웃어 본 일이 없다. 한 번도 울어 본 일이 없다"며 천형의 수인이 된 자기 존재에 대한 일종의 환멸과 자기 부정, 한숨과 고뇌와 슬픔을 토로했고, 윤동주 시인은 "산모퉁이를 돌아 논가 외딴 우물을 홀로 찾아가선 가만히 들여다봅니다"라고 사색하며 자신을 반추했다. 유안진 시인은 "나는 나는 구름의 딸이요 바람의 연인이라" 하면서 자연을 은유화하여 성숙된 자아로 거듭나라며 현실을 각성하게 했다.

자화상은 시뿐만이 아니라 그림도 있다. 전시회에서 본 고흐의 '귀를 자른 자화상', 프리다 칼로의 '자화상' 그리고 이중섭의 '자화상'을 생각했다.

그런 후에 미당의 〈자화상〉을 어떻게 낭송할까 고심했

다. '애비는 종이었다.' 파격적일 만큼 참으로 솔직한 고백이었다. 나는 첫 행에서 내 아버지를 생각했다. 미당의 아버지는 교육을 받은 지식인으로 김성수 집안의 마름이었으나 가난했다. 내 아버지는 지리산 골짜기에서 살던 청년이 만주에서 일본인 잡화상 점원을 했다. 가난했던 아버지의 삶과 미당의 자화상이 맞물려 가슴에 와 닿았다.

오바마 대통령은 2004년 7월 일리노이주 민주당 전당대회에서 "나의 할아버지는 아프리카 케냐에서 태어난 케냐의 머슴이었습니다"라는 연설로 공감을 얻었다. 미당 자화상의 첫 문장과 같은 맥락이다. 사람의 마음을 감동시킨다.

'애비'를 강조할까, '종'을 강조할까. 내뱉으면서 무심한 듯이 부끄러움을 감출까. 저음으로 툭 던져볼까. 감싸 안듯이 어미 부분을 올릴까, 내릴까. 고백하듯이 아니면 작심하듯이 때로는 절규하듯이 또 속을 긁듯이, 한숨 쉬듯이 여러 방법을 시도해 본다.

또 이 부분에서는 문장의 의문도 생겼다. '흙으로 바람벽한 호롱불 밑에/손톱이 까만 에미의 아들'이다. 행이 구분되어 있다. 중요하기 때문에 행을 구분한 것일 게다.

'손톱이 까만 에미의 아들'에서 손톱이 까만 사람이 누구인가. 에미인가, 아들인가. 그 해석에 따라 낭송이 달라진다. 누구는 서정주 자신을 3인칭으로 객관화시켜 가난에 찌든 어린 소년의 손톱이 까맣다고 하고, 또 다른 누구는 에미라고 한다.

몇 년 전, 시낭송대회 심사를 가면서 황동규 시인에게 여쭈었다.

"교수님은 미당의 〈자화상〉에서 손톱이 까만 이가 에미라고 생각하세요, 아니면 아들이라고 생각하세요?"

황동규 시인은 깜짝 놀라며 "시낭송가들이 그렇게 깊이 공부합니까?" 하고 물으시며 에미라고 대답했다.

시낭송가는 그저 목소리만 좋다고 되는 것이 아니라 시를 잘 이해하고 표현하기 위해 열심히 공부한다. 나는 좀더 확실히 알아보기 위해 《서정주 문학전집》을 펼쳐 보았다. 거기에 서생인 아버지는 분홍 손톱을 가진 청결한 멋쟁이였고 어머니는 일하느라 손톱에 늘 까만 때가 끼어 있었다고 쓰여 있었다. 또 이 구절에서는 7 · 5조의 운율이 숨어 있다. 낭송은 그 운율을 살려야 한다.

이제 시상의 흐름이 바뀐다. '스물세 해 동안 나를 키운 건 팔 할이 바람이다'는 구절이다. 지난 생애가 단 몇 마디로 요약된 기막힌 문장이다. 이 구절을 어떻게 낭송할까. 표 파 팔 할의 '파'는 파열음이기에 '바람'과 절묘하게 맞아떨어져 음악적 효과를 낸다.

그래서 방랑과 시달림과 바람이 많았던 과거를 강조하기 위해 또 운율 효과를 살리기 위해 팔 할이라고 했을 게다. 아무려면 팔 할을 바람으로 살았겠는가. 음악적인 효과를 거두면서도 가장 강조하고 싶은 곳을 찾아 다양하게 낭송해 본다.

그리고 이 문장을 나에게 적용해 본다. 나를 키운 건 무엇이었을까. 바로 이것이었다고 수많은 손길과 도움을 준 분들에게 감사의 마음이 들었다.

미당의 〈자화상〉을 보면 그 집안의 내력도 알 수 있다. 시 지문에는 부모, 할머니, 외할아버지만 등장하지만 자세히 들여다보면 할아버지와 외할머니 모습도 보인다. 할아버지는 구한말 과거에서 장원을 한 수재였으니 이성을 물려받았고, 어린 시절 외할머니에게 구전설화를 듣고 자랐으니 외가의 감성을 이어받지 않았을까 싶다. 이제 클라이맥스다. 이 구절을 낭송할 때면 온몸에 전율이 인다.

세상은 가도 가도 부끄럽기만 하더라.

어떤 이는 내 눈에서 죄인을 읽고 가고…

　미당이 방황할 때 사람들은 그를 부정적으로 보는 시각
도 있었다. 그러나 미당은 뉘우치지 않겠다고 말했다. 그
의 자존심이다. 어쩌면 당돌하게 보일 수 있는 대목이다.
하지만 미래의 남은 인생을 책임지려는 의지가 강했기에
그렇게 표현하지 않았을까 싶다.

　마지막 연이 남았다. 생에 대한 강렬한 욕구를 표현한
구절이다. 혓바닥을 늘어뜨린 병든 수캐처럼 살아왔지만
'시의 이슬에는 몇 방울의 피가 언제나 섞여' 있듯이 이마
에 피가 맺히도록 정신적·예술적으로 승화하겠다는 의
지를 엿볼 수 있다.

　미당의 〈자화상〉은 낭송할수록 어렵다. 그의 생이 온전
히 녹아 있고 사회적인 시대상도 드러나 있어서다. 유수
한 시를 많이 남기고 한국인의 시심을 한껏 고양시킨 미
당, 그러기에 〈자화상〉은 낭송할수록 짙은 맛이 우러난다.

〈남해찬가〉 대서사시 공연

2007년 겨울, 세종문화회관 소극장에서 김용호 시인의 대서사시 〈남해찬가〉 시낭송 공연 무대가 올랐다. 재능빌딩 대극장에서 김성우 고문의 연출로 큰 호평을 받았던 작품이다. 이번에는 서울시 시극 단장의 연출로 본선 시낭송대회에서 공연되었다.

김용호 시인의 《남해찬가》 서사시집은 1952년 남광문화사에서 간행되었다가 1957년 인간사에서 재판再版되었다. 구국의 영웅 이순신의 연이은 승첩과 순국 일대기가 그려져 나라사랑, 희생정신이 깃든 작품이다.

서시와 제1장 '혼란의 구름을 뚫고'에서 제17장 '우리들 가슴에'까지 18장으로 구성되어 있다. 총 1,942행인데

분량은 김동환 시인의 장편 서사시 〈국경의 밤〉의 두 배가 넘는다. 김성우 고문은 그중에서 몇 장을 엮어 시낭송 공연작품으로 구성하였다.

두 명의 남성 낭송가와 다섯 명의 여성 낭송가는 지난 공연에 이어 이번에도 출연하였다. 시극 단장으로부터 특별 발성지도를 받았는데 여러 모로 도움이 되었다.

무대 세트도 특별했다. 한 명은 바위 위에 올라서고 다섯 명은 무대에, 또 한 명은 특별히 제작된 망루에 올라섰다. 나는 이순신 장군 역으로 망루에서 낭송했다. 망루에 오르니 천장이 머리에 닿을 듯이 높아 다리가 후들거렸다.

〈남해찬가〉는 전투 장면을 실감나게 잘 그려 마치 눈앞에서 전투가 벌어지는 것 같았다. 12척의 배로 적함 133척을 대파하여 조선의 해상권을 회복한 명량해전은 치열했으며, 깃발을 흔들며 전하는 승전보는 승리의 기쁨을 느끼게 했다. 그러나 이순신 장군이 노량해전에서 화살을 맞는 장면에서는 객석에서도 아ㅡ, 한숨소리가 났다.

순간

이 순간

애앵하고 공간을 찢어 놓는

원수의 총알

한방

오오

이 총알

한방

　십육 분 동안의 〈남해찬가〉 시낭송 공연은 대성공이었
다. 감동을 받아 눈물을 흘렸다는 청중도 있었다.

　2008년 제53회 현충일에 '아리모' 가족봉사단체가 용산
전쟁기념관 평화의 광장에서 '호국문화공연'을 하게 되었
다. 나는 〈남해찬가〉 시낭송 공연을 기획하였다. 야외공연
이라 쉽지 않겠지만 호국 영령들의 넋을 기리면서 이순신
장군의 애국심과 시낭송 장르를 알리는 데 좋은 기회라고
생각했다.

　남녀 중·고등학생 여섯 명에게 낭송을 지도했다. 학생
들은 밤마다 맹연습을 했다. 의상은 솜씨 좋은 어머니가 동
대문에서 천을 떠다가 장군복과 모자 그리고 신발을 디자

인하고 어머니들은 밤마다 모여 한 땀 한 땀 손바느질을 하였다. 입체감을 주기 위해 장군복에 비즈를 달고 이순신 장군의 군모와 신발도 신경을 썼다. 정성이 깃든 수작업이었다. 그뿐 아니라 고문서를 참고하여 전쟁용 깃발도 청홍황백흑 다섯 점을 만들고 웅장한 음악도 녹음실에서 제작하였다.

그리고 나는 이근배 시인의 〈노래여 노래여〉라는 장시長詩를 통일을 염원하는 마음으로 퍼포먼스를 펼치며 낭송 준비를 하였다.

　　푸른 강변에서
　　피묻은 전설의 가슴을 씻는
　　내 가난한 모국어
　　꽃은 밤을 밝히는 지등처럼
　　어두운 산하에 피고 있지만
　　(중략)

초·중·고·대학생과 어머니를 포함한 열아홉 가족 사십 명은 단체 수화를 준비했다. 많은 인원이 연습할 장소가 없어서 아파트 옥상에서 연습했으니 달밤에 체조하는 격이었다. 한밤중에 졸린 눈을 비비고 어머니 손을 잡고 '당신은 사랑받기 위해 태어난 사람' 수화 연습을 하였다. 열의가 대단했다. 누가 시켜서라면 이렇게 할 수 있었을까.

아이들은 야외공연을 앞두고 잠이 잘 오지 않는다고 했다. 해외에서 공연한 태권도 시범단 이십 명도 이날 공연을 위해 준비시켰으니 공연 참가자만 칠십 명, 대형 작품이었다.

공연 일주일을 남긴 일요일 새벽, 공연자들은 용산 전쟁기념관 평화의 광장으로 향했다. 아무도 없는 광장에서 현장 리허설을 했다.

드디어 아리모의 '제35회 찾아가는 공연'을 하는 날이다. 무대 마이크와 포그 머신을 체크하고 대형 현수막도 걸었다. 이날의 공연은 소년한국일보 1면에 '이순신 남해찬가 낭송, 임진왜란 현장에 있는 듯' 타이틀로 대서특필되었고 C&M 강남케이블은 공연 실황을 뉴스에 내보냈다.

오늘의 하이라이트는 〈남해찬가〉 시낭송 공연이었다. 화려한 의상을 입은 일곱 명의 고등학생 연주자들이 큰북을 힘차게 두드리면서 입장하여 양쪽 날개에 자리를 잡으면, 다섯 명의 어머니들이 특별 제작한 전쟁용 깃발을 높이 들고 입장하여 무대 뒤쪽에 포진했다. 웅장한 음악에 맞춰 낭송자들이 등장했다. 그들은 피를 토하는 심정으로 낭송했다. 어쩌면 그리도 옹골차게 잘하는지 대견했다. 이순신 장군을 향해 총알이 날아오는 '이 한방' 장면에서는 숨이 멎을 정도였다.

공연은 대성공이었다. 칠백 명의 관객들은 애국심이 생긴다며 뜨거운 박수를 보냈고 울컥했다는 분들도 있었다. 용산 전쟁기념관 관계자들도 참신한 아이디어라고 호평했다. 작은 가족봉사단체가 일반 시민을 대상으로 올린 첫 시낭송 공연이었다.

고등학생들이 졸업하면서 〈남해찬가〉 시낭송 공연은 중학생들로 이어졌다. 다니엘학교 강당에서 올린 공연은 더욱 드라마틱했다. 무대 양쪽에 대형 거북선 그림을 실사출력해 세우고 초등학생 일곱 명이 무대의상을 입고 파란 천 앞에서 노를 저었다. 마치 거북선에서 노를 젓는 것 같은 착각이 들었다. 갑판 위에서는 갑옷을 입은 낭송자들과 군사들이 불을 뿜듯이 강하고도 담대하게 낭송하였다.

HCN 서초케이블에서 〈남해찬가〉 공연 장면을 녹화 방영하였다.

이제 〈남해찬가〉 대서사시 공연은 재능시낭송협회를 대표하는 공연이 되었다. 연출과 지도는 역시 김성우 명예시인이다. 영상을 수정하고 낭송도 계속 손질하여 완성도 높은 공연작품으로 거듭나고 있다.

객석의 반응이 뜨거워지자 몇몇 지회에서도 공연을 이어가고 있다. 뛰어난 영상과 수준 높은 낭송은 탄성을 자아내게 한다. 숨 쉬지 않고 몰아치는 새로운 낭송기법도 날로 진화되고 있다. 〈남해찬가〉 시낭송 공연이 더욱 더 발전해 나가길 바란다.

우리들 가슴에 출렁거려라
해마다 끝없이 끝없이 출렁거려라.

삼십 년 전에 그린 그림,
어디까지 왔나

삼십 대 중반에 이런 생각을 하곤 했다. '아름다운 노후를 맞이하기 위해 무엇을 준비해야 하나.' 체력 단련도, 노후자금 계획도 세워야겠지만 무엇보다 사회에 유익한 일이 무엇일까 생각했다. 그때 내린 결론이 박물관 해설사였다.

오천 년의 유물이 소장된 박물관에서 우리 문화유산을 해설하면 얼마나 보람 있을까 하고 생각한 것이다. 세월이 흐를수록 유물의 가치가 더해지듯 사람도 연륜이 쌓일수록 박물관의 분위기와 어울릴 것 같았다. 그 생각을 하니 가슴이 뛰었다.

'그래, 우리 유물에 대해 공부하는 거야.'

어서 아이들이 자라길 기다렸다. 작은아이가 초등학교에 입학하자마자 광화문 국립중앙박물관대학으로 달려갔다. 강의는 일 년 과정이지만 연구반이 있어서 공부를 계속할 수 있었다. 학구적인 강의실 분위기가 마음에 들었다. 교수들의 강의 수준도 높고 수강생들의 태도도 진지했다. 노트정리를 꼼꼼히 하고 전국으로 고적답사를 다니면서 새로운 세계에 눈을 떴다. 우리 문화에 대한 애정이 깊어지면서 다른 문화를 이해하게 되고 오류와 무지에서 벗어날 수 있었다.

연구반 8년 차에 '박물관 전문교사' 자원봉사가 처음으로 도입되었다. 토요일 전일제 수업이 시행되자 박물관을 찾아오는 중·고생들에게 해설을 해 주는 전문교사가 필요했던 것이다. 소수 정예인원이 월요일 박물관 휴관일에 학예관으로부터 심도 있는 공부를 했다. 천장이 높은 박물관의 겨울 공기는 차가웠다. 하지만 배우고자 하는 열정은 추운 줄도 몰랐다. 아무도 없는 박물관에서 마음껏 공부할 수 있는 것이 마냥 행복했다.

드디어 토요일 아침, '박물관 전문교사' 명패를 달고 중·고생들에게 첫 수업을 하였다. 전직 고등학교 교사 경험을 살려 고구려실에 이어 삼국시대를 거쳐 금속공예실, 불교조각실, 고려청자, 조선백자실을 설명했는데 일반인들도 있었다. 귀를 쫑긋하며 듣던 관람자들은 흥미로운 듯 질문을 많이 했다. 그 후 금속공예실과 불교조각실을 전담했다. 그럴 즈음 아이들이 다니는 중학교에 특별명예교사제도가 생겼다. '고적답사반'을 맡아 고궁, 능, 박물관 등을 다니면서 열심히 활동하였다. 전시회도 열었다.

그러던 어느 날 나를 혼란스럽게 하는 일이 생겼다. 전문교사 간담회 때의 일이다.

"요즘 학생들은 나이든 선생님을 좋아하지 않나 봐요. 할머니 선생님이라고 장난치면서 내 말을 듣지 않아 무척 힘드네요."

육십 대 중반의 할머니는 서글픈 듯 말했다. 학식이 높은 분이었는데 자조적인 푸념이었다. 그 말을 몇 번 듣게 되자 미래의 내 모습을 보는 것 같아 갈등했다.

그럴 즈음 우연한 기회에 시낭송대회에 도전하게 되었고, 그것은 내 삶을 바꾸는 계기가 되었다. 시를 낭송하면서 나의 감정과 체험을 용해시켜 시 속에 배어 있는 서정과 느낌을 표현하기 위해 노력하다 보니 전문 시낭송가

가 되었다

프랑스 작가 사르트르는 "인생은 B와 D 사이의 C다"라고 말했다. B(birth) 탄생과 D(death) 사망 그리고 C(choice) 선택이 운명을 결정짓는다는 말이다. 시낭송은 내게 생기와 활력을 주었다. 물론 시가 외워지지 않을 때는 머리에 지진이 나기도 하고 무대에 오를 때는 떨려서 머리가 하얘질 때도 있지만 삶의 의미가 달라졌다. 그래서인지 시낭송 관련 일을 계획하고 활동할 때는 힘이 솟는다.

노년을 위한 내 그림을 수정하기로 하고 제2의 도전이 시작되었다. 시를 많이 읽고 낭송 연습을 하면서 시낭송 이론을 정립하기 위해 음성학을 공부하였다. '아리모' 가족 봉사단체를 조직하여 소외된 곳을 찾아가 '시낭송 힐링 콘서트'를 하면서 지역 주민과 소외된 분들의 마음을 어루만지고 있다. 그리고 (사)대한노인회 노인자원봉사 후원으로 아리모 어르신부에 '어르신 시낭송 공감교실'을 열어 온 가족이 시낭송을 하는 문화를 만드는 데 주력하고 있다. 올해는 '가족'을 주제로 '가족 시낭송 힐링 공감 콘서트'를 영화관에서 공연할 예정이다. 생각만 해도 가슴이 뛴다.

신비가 산새 되다니

정지용 시인의 〈금강산〉을 소재로 한 시낭송 공연을 무대에 올렸다. 첫 무대는 1930년대 작품인 〈옥류동〉 독송이었다. 이 시를 처음 접했을 때 생소한 시어들이 입에 잘 붙지 않았다. 짧은 문장 속에 한자와 고어가 많아 낭송의 맛을 내기가 여간 어렵지 않았다. 그러나 읽을수록 시의 맛에 빠져들었다. 낯선 시어들은 곱씹을수록 맛이 살아났다.

공연일이 다가왔다. 무대 리허설을 하면서 강렬한 스포트 라이트가 비추자 갑자기 머릿속이 하얘졌다. 아무 생각이 나지 않았다. 블랙홀에 빨려드는 것 같았다. 피할 수 있다면 피하고 싶었다. 마침 공연장 주변에 있는 성당을 발견했다. 신도는 아니지만 조용히 문을 열고 들어갔다.

아무도 없었다. 의자에 앉아 머리를 조아리고 눈물로 기도를 드렸다. 얼마쯤 지났을까. 마음이 다소 안정되었다.

시문을 들고 무대에 올랐다.

골에 하늘이/따로 트이고//

폭포소리 하잔히/봄 우레를 울다//

날가지 겹겹이/모란꽃잎 포기이는 듯//

자위 돌아 사뭇 질 듯/위태로이 솟은 봉오리들//

골이 속 속 접히어 들어/이내가 새포롬 서그러러리는 숫도림//

(중략)

들새도 날러들지 않고/신비가 한껏 저자 선 한낮'

(중략)

아름다운 금강산 영상을 띄워놓고 낭송하니 옥류동이 더 신비롭게 느껴졌다. 그때 엉뚱한 시어가 갑자기 툭 튀어나왔다. '신비가 한껏 저자 선 한낮'을 '산새가 한껏 저자 선 한낮'이라고 낭송한 것이다. 들새도 날아오지 않아 신비로움이 한껏 저자 선 골짜기에 산새가 난데없이 날아와 시끄러운 저잣거리로 만든 것이다. 이런 낭패가 어디 있나. 쥐구멍에라도 숨고 싶었다. 연말에 바쁜 일정이 있는데 덥석 제안을 받은 것이 화근이었다. 새삼 지난해의 당황했던 기억이 되살아났다.

시낭송 운동 50주년 특별공연을 할 때였다. 나는 아홉 명의 낭송가들과 시의 볼륨감을 높이는 합송 공연에 들어 갔다. 합송은 다른 공연과 달리 많은 연습이 필요하다. 시의 음악성을 고양시키기 위해 운율을 맞추어야 하고 고저 장단, 속도, 호흡은 물론 음색과 감정이입, 음량까지 맞춰 야 하는 만만찮은 작업이었다. 낭송가들은 한마음이 되어 열심히 연습했다.

그런데 본 무대에서 생각지 않은 일이 생겼다. 음향감독 이 첫 음향을 내보내지 않자 독송자인 나는 머뭇거리다가 그만 첫 음절인 '산아'를 놓쳐 버렸다. 무대는 생각보다 예민하다. 침 넘어가는 소리만 들릴 뿐 정적이 흘렀다. 음 향이 나오면 호흡을 머금고 있다가 먼 산을 바라보며 웅 장한 목소리로 원근법을 활용한 새로운 낭송기법이었는 데 아쉬웠다. 박두진 시인의 〈청산도〉는 이십 년 전부터 애송한 시였는데 말이다.

이번 실수는 아마 그때부터 발목이 잡힌 것 같았다. 나는 한동안 두문불출하고 지냈다. 마음을 추스르기 위해 시간이 필요했다. 외로웠다. 그럴 즈음 예상치 못한 곳에서 실마리가 풀렸다.

'국경 없는 포차'라는 텔레비전 프로그램을 보고 있는데 소설《개미》로 유명한 프랑스 소설가 베르나르 베르베르가 포차를 찾아온 것이다. 배우 박중훈이 물었다.

"인생에서 트라우마를 겪은 적이 있나요? 만일 있다면 어떻게 극복했나요?"

그는 웃음을 띠며 대답했다.

"어릴 때 프랑스 교육에 적응하지 못해 몸이 돌처럼 굳었지요. 열여덟 살 때는 지팡이를 짚고 다닐 정도로 우울한 청소년기를 보냈으니까요. 하지만 책을 읽고 쓰면서 트라우마를 극복했고 그로 인해 단단해졌습니다."

세계적인 소설가가 트라우마를 극복한 이야기를 들으면서 위안이 되었다. 사람들은 누구나 트라우마를 겪으며 산다. 다만 그것을 이겨 내는 자가 있고 넘어지는 자가 있으며 또 방관하는 자가 있을 뿐이다. 위기는 또 다른 기회라는 것을 생각하며 가볍게 털어내기로 했다.

시낭송을 학교에서 배울 수 있다면

'사람이 무엇을 보고, 생각하고, 느끼며 살아가는가'라는 물음은 매우 중요하다. 특히 초등학생과 중·고등학생에게는 더욱 그렇다. 그 시기에 배우는 것은 각인되어 무의식의 저변에 깔린다.

요즈음 언어폭력으로 인한 사고가 빈번히 일어나고 있다. 최근 서울시 교육청이 실시한 '학교폭력 실태조사'를 보면 언어폭력이 72% 정도로 가장 많은데, 그중 초등학생이 가장 높다고 한다.

이런 자료가 아니라도 청소년들의 대화를 우연히 듣게 되면 귀를 의심하게 된다. 욕설과 비속어, 뜻을 알 수 없는 은어를 거침없이 남발한다. 놀라운 것은 이런 말을 쓰면

스트레스가 해소되고 또 친구 간에 적당한 친근감이 든다는 것이다. 모든 언어에는 격이 있고 그 언어를 사용하는 사람의 성품이 담겨 있다. 그래서 한자 品品에 입 '구'가 세 개 모여 있지 않은가 '가는 말이 고와야 오는 말이 곱다'는 말이 있듯 언어의 격을 높여야 인격도 높아진다.

뇌 속의 언어중추신경은 모든 몸의 신경을 지배한다고 한다. 에모토 마사루의 실험이 말해 주듯 말 한마디의 효력은 대단한 힘을 가지고 있다. 소리 내어 읽는다는 것은 저자의 혼을 불러내는 일로 몸의 신경을 건드리고 인간의 삶을 변화시킨다.

시는 정제된 언어의 조각품이다. "시를 삼백 편 읽으면 사악한 마음이 사라진다詩三百思無邪"는 공자의 말처럼 시를 많이 읽고 낭송하는 것은 삶을 변화시킬 수 있다. 묵독보다는 낭독이 효과적이고 낭송은 더 말할 나위가 없다. 낭독은 소리 내어 읽지만 낭송은 외워서 내 언어로 만들기 때문이다.

프랑스 초등학교 교과과정에는 시가 독립된 교과목으로 되어 있어 학생들은 2, 3주에 한 편씩 시를 외운다고 한다. 부모들은 어린이에게 시를 외우도록 하고 유치원에서 시 읽기는 기본이고 시 내용을 그림으로 그리고 낭송하고 노래 부르고 무용으로 표현한다. 그렇게 시를 읊어 모국어를 아름답게 만든다.

독일 부모들은 어린이에게 시와 신화를 가장 많이 읽어주며, 영국은 어려서부터 시를 많이 암송하기 때문에 어른이 되어서도 대화 속에서 셰익스피어의 시를 인용하는 것이 보통이라고 한다.

나는 시낭송협회와 문학회에서 초 · 중 · 고등학교 여러 곳을 찾아가 낭송하였다. 서울의 한 고등학교에서 '한국현대시 100년 기념−10대 명시' 시낭송 공연을 할 때였다. 빠른 템포와 화려한 무대에 익숙한 학생들은 대체로 지루해했다. 하지만 책에서만 보던 시를 정감 있는 목소리로 리듬을 살려 낭송하는 것을 보면서 마음이 따뜻해지고 감정이 순화되는 느낌을 받았다는 학생들이 많았다. 시인의 모습이 담긴 사진과 육성 그리고 영상과 배경음악을 곁들인 낭송 공연을 본 남학생이, "저는 지금까지 서정주 시인이 여자인 줄 알았어요"라고 했다. 세상에나!!

그리고 한마디 덧붙였다.

"그동안 시를 이론적으로만 공부했지 가슴으로 느끼지

못했는데 오늘은 시가 마음에 와 닿았어요. 좋은 시간이었습니다. 감사합니다."

하기야 요즘 학생들이 얼마나 바쁜가. 시의 정서나 감성을 느낄 새가 없다. 새벽부터 한밤중까지 입시 경쟁에서 뒤처지지 않기 위해 바쁘게 사는 것이 아이들의 일상이다. 시를 외우는 것은 말할 것도 없고 시를 읽는 시간마저 점점 줄어들고 있다. 교사는 교사대로 수업 진도를 맞춰 입시 위주로 수업하다 보면 시의 분위기나 정서를 나눌 여유가 없다.

시험문제도 '이 시를 이해하는 바는?' '주제로 적절한 것은?' 하고 묻는 획일화된 교육이다. 내 몸의 감각으로 느끼고, 공감하고, 교감하는 것은 상상조차 할 수 없는 일이다. 학생은 학생대로 수행평가에 좋은 점수를 얻는 것에만 관심을 갖다 보니 시를 즐길 마음의 여유가 없다. 감성적으로 가장 민감한 청소년기에 서정적인 아름다움을 느낄 수 없으니 안타까운 일이다.

오래전 교사로 재직하던 시절, 우리 반 종례시간에 시 한 편을 낭송하곤 했다. 여고생들의 정서를 가꾸는 데 좋은 기회라고 생각했다.

영화 〈죽은 시인의 사회〉에서 키팅 선생은 텍스트에 갇혀서 획일화된 시각으로 시를 이해하지 말고 틀에서 벗어나 자유롭게 사고하라고 말한다. 책상 위에만 올라서도 세상이 달라 보이듯이 다른 시각으로 보면 세상이 전과 달라 보인다면서 소신을 가지고 진정 가치 있는 삶, 후회 없는 삶을 살기 위해 오늘을 즐기라는 '카르페 디엠'을 외친다.

시낭송 교육은 다른 예술과 접목하여 다양한 방법으로 지도할 수 있다. 시낭송은 사고력과 상상력을 풍부하게 키우는 데도 도움이 된다.

시낭송의 증인 김규동 시인을
인터뷰하다

1950년대 초기 시낭송의 역사

〈나비와 광장〉으로 유명한 김규동 시인이 돌아가신 지 벌써 8년이나 되었다. 이 글은 돌아가시기 4년 전, 그러니까 2007년에 단독 대담한 내용이다. (김성우 고문의 주선으로 대담할 수 있었음을 밝힌다.)

목련꽃이 화사하게 핀 봄날, 김규동 시인 댁을 방문했다. 이 시대의 증인인 팔순의 시인이 반갑게 맞아 주시며 장장 두 시간 동안 대담에 응해 주셨다.

"선생님, 건강은 어떠세요?"

"38kg이지만 괜찮아요."

바짝 마른 작은 체구에 힘이 없어 보였지만 울림이 좋은 굵은 목소리였다. 거실에는 목판에 새긴 육필 서각書刻 작품이 많았는데 그중 눈에 띄는 작품이 있었다. '仁 인자하거라/이는 아버님 말씀이다'라고 써진 목판이었다.

시인의 육성을 통해 50년대 시인들의 활동과 시낭송의 태동에 대해 생생한 증언을 들을 수 있었다.

1948년 미도파 건너편 대지백화점 2층에 '시낭독연구회'가 있었다. 나무에 먹으로 크게 쓴 간판을 달고 오장환, 이병철, 이용악 시인과 군소 시인들이 기숙하면서 활동했다. 당시에는 서울운동장, 남산공원, 파고다공원 등에서 대중 집회가 열렸는데 주로 진보적인 좌경 시인들이 낭송했다. 요즘처럼 서정을 고양시키는 낭송이 아니라 민중을 끌어내는 선동적인 낭송이었다. 특히 오장환 시인의 〈헌시〉, 〈병든 서울〉은 인기가 높아서 간혹 순경들이 잡으러 오면 군중들, 특히 여학생들 사이에 숨었다가 빠져나가곤 했다.

시낭독연구회는 대지백화점 주인인 박거영 시인이 운영했는데, 6·25 이후 좌익 시인들이 월북하자 문을 닫았다.

전국 규모의 최초 시낭송회는 부산 피난 시절인 1952년

12월 전란 중에 열렸다. 우리나라 최초로 '현역 시인 33인 시낭독회'로 열린 것이다. 행사 발의 및 총 주관은 김규동 시인이었고, 주최는 '인간사'의 박거영 시인, 후원은 부산일보, 국제신보였다.

"박거영 시인은 어떤 분인가요?"

"좌익 시인들은 좋아했으나 우익 시인들은 별로 좋아하지 않았지요."

"박거영 시인은 당시 시인들과 친분이 꽤 있었나 봐요."

"아니에요. 우익 시인들의 질타를 많이 받았지요. 가난한 문인들의 주머니를 덜어주지 못하고 야박하게 군다고. 특히 모윤숙 시인에게 야단을 들었지요."

박 시인은 대지백화점을 경영하면서 정지용 시인을 좋아했다. 시집 속지에 '박거영 아우에게'라고 써준 시집을 신주 모시듯 사람들의 손길이 닿지 못하게 했으며, 47년엔 문학가동맹에서 활동하던 정지용 시인이 형사들에게 쫓길 때 대지백화점에서 주무시게 했다고 한다.

그 후 박 시인은 사업 능력이 뛰어나 소공동에 '플라워다방'을 차렸다. 이곳은 시인들의 아지트였다. 김동리, 조지훈, 박목월, 박두진 선생이 단골손님으로 드나들었다.

그리고 부산역 앞에서 '서울서점'을 열었고, 전쟁이 끝난 후에는 송도에서 최신식 경양식집을 운영했다. 서울에서는 '인간사' 출판사 사장까지 했다.

"33인의 숫자는 어떤 의미가 있습니까?"

"3·1운동 독립선언서를 만든 33인의 숫자에 맞춘 것이지요."

전쟁 중인데도 7시에서 9시 반까지 열리는 이화여대 가건물 강당은 만원이었다. 확성기를 밖에다 틀어놓을 정도로 사람들이 많이 모였다. 천막 안은 한겨울의 추위를 데울 만큼 사람들이 빽빽하게 들어차 떠나갈 듯이 열광했다. 후에 알고 보니 그곳에 고등학생이었던 민영 시인, 김성우 명예시인, 국무총리를 역임한 노재봉 총리도 있었다고 한다. 참석 인원은 2천 명 정도로 추정했다.

한 치 앞도 알 수 없는 암울한 시기에 무엇을 듣기 위해 그 많은 사람들이 모였던 걸까. 한 줄기 희망을 갖기 위해, 또 돌파구를 찾기 위해 모였던 것일까. 그곳의 열기가 뜨거웠던 것을 보면 천막에 울려 퍼진 한 편의 시는 위로와 희망을 주었으며 구원을 주었던 것이 아니었을까 싶다.

'현역 33인 시낭독회' 행사는 신문사의 포스터와 홍보

비, 팸플릿, 출연료 등 많은 비용이 들었는데 박거영 시인이 사재를 털어 충당했다.

"지금 화폐로 환산하면 얼마나 들었을까요?"

"약 2천만 원 정도 될 겁니다."

시낭독은 박인환, 김수영, 양명문, 김종문, 노천명, 모윤숙, 조병화를 비롯해 많은 시인들이 대거 출연하였다. 조지훈, 박목월, 박두진, 구상 시인은 대구에 머물고 있어서 참여하지 못했다.

낭독 스타일을 보면 박인환 시인은 담배를 피우면서 낭독했고, 김수영 시인은 단상을 왔다 갔다 하면서 모던한 동작을 자연스럽게 구사했으며, 노천명, 모윤숙 시인은 마이크 앞에 서서 시를 보고 낭독했다.

그중에서 김규동 시인의 낭독은 특별했다. 지금도 김성우 명예시인이 기억할 정도였다. 낭독 후에 주머니에서 라이터를 꺼내 시가 써진 종이를 태웠다고 한다. 진귀한 퍼포먼스였다. 객석에서는 환호성이 터져 나왔다.

"낭독했던 시 제목과 퍼포먼스를 한 이유에 대해 알고 싶습니다."

"시는 〈불안의 속도〉였지요. 전장이 빚어 낸 현상과 환경이 인간의 유대와 우정 그리고 애정과 온도가 없는 사회를 만들었다는 것을 강조하기 위해서였지요."

그리고 이 시는 청각예술이 아닌 시각예술의 시로서 청중이 쉽게 이해할 수 없기 때문에 숙제를 남긴다는 뜻으로 했다고 한다.

시 〈불안의 속도〉를 읽어 보고 싶다고 하니, 노시인은 그 시를 보자는 사람은 육십 년 만에 처음이라며 흐뭇해했다. 방에 들어가 한참만에 세월의 무게가 느껴지는 누런 갱지로 된 시집을 들고 나왔다. 반세기가 지난 1955년 혁성문화사에서 펴낸 시집 《나비와 광장》에 시 〈불안의 속도〉가 들어 있었다.

렌즈를/쓰고/내가 거리를 간다//활자처럼 닥아와/나의 이마에/나의 가슴에/나의 관절에/나의 瞳子안에/정면충돌하는/중량.. 중량.. 중량/〈절망과 혼돈 아 끝없는 喀血이라오〉

(하략)

노시인은 파이프 담배를 물고 눈을 지그시 감았다. 당시를 회상한 듯 상기된 표정이었다. 청중의 환호성이 들린 것일까.

그 후 시인은 1987년 '시의 날' 세종문화회관에서도 인상 깊은 낭독을 했다. 〈오시는 임에게〉를 낭독하면서 징을 치며 퍼포먼스를 한 것이다. 김성우 명예시인은 그 낭독을 지금도 기억하고 있다.

대담이 끝나자 찹쌀떡 두 개와 따끈한 차를 따라주셨다. 소소한 이야기를 나누며 정스런 대담이 이어졌다. 월남하여 사상문제로 마음고생 많았던 일, 어릴 적부터 담배를 피워 건강을 해친 이야기, 스승 김기림 선생을 존경하게 된 일화, 인간사 출판사를 운영한 박거영 시인이 한하운 시인의 시를 고쳐 시집 《보리피리》를 출판하게 된 일화, 유치환 시인의 연애에 대한 의견 등 다양한 주제로 뒷이야기를 나누었다.

마지막으로 시낭송에 대해 말씀하셨다.

"시낭송은 예술입니다. 시낭송가는 시인과는 차별화된 전문 연출 분야이므로 문화세력으로 확장하기를 바랍니다."

간간이 목을 축이고 호흡을 고르셨다. 인터뷰 내내 광산에서 보석을 캐내는 것 같았다.

오랜 시간 응해 준 노시인께 감사드리며 대담 육성이 담긴 테이프를 정리했다. 언 땅에 새싹이 돋듯 시낭송 물결도 머지않아 화창한 봄날이 올 것이라 믿으면서 일어서려고 하자, 시인은 잠깐 기다리라고 하더니 간단한 소감과 시 〈당부〉를 노트에 적으셨다. 그리고 《느릅나무에게》 시집을 주셨다.

　국혜숙 님께

　시낭송에 대해서 어쩌면 이다지도
　깊은 열정을 가지셨는가요.
　다만 놀랍고요, 또 감격했습니다.
　잘 해나가기를 축원하나이다.

2007년 4월 14일

김규동(사인)

가는 데까지 가거라

가다 막히면

앉아서 쉬거라

쉬다 보면

보이리

길이

- 시 〈당부〉 전문

---

* 플라워다방 : 《느릅나무에게》 책에 의하면 《문예》 잡지 필진들이 많이 모였는데 김동리, 조연현, 곽종원, 조지훈, 서정주, 서정주의 아우 서정태, 이현직 등이 자주 모였다고 한다.
* 《느릅나무에게》 : 14년 만에 펴낸 새 시집으로 14년 동안 써온 300여 편의 시 중에서 골라 83편을 수록한 시집이다. 두툼했다.

2. 시낭송 치유

'아리모' 가족봉사단의
'시낭송 힐링 콘서트'

　오래전부터 생각해 온 일이 있다. 경쟁사회에서 공부에
만 매달려 있는 학생들에게 인성을 다듬을 수 있는 봉사
활동이 있었으면 좋겠다고 생각했다.

　교직을 그만둔 후 주위의 요청으로 리더십과 시낭송 강
의를 할 때였다. 초·중·고·대학생과 어머니 29명을 식사
에 초대하여 문화에 소외된 곳을 찾아가 공연하면서 사랑
을 나누자고 제안했더니 모두 흔쾌히 동의하여 '아리모'가
발족하게 되었다. 학생 중에는 전국시낭송대회에서 수상
한 학생과 다양한 재능을 가진 리더가 많았기에 가능했다.

　아리모(아름다운 리더들의 모임) 가족봉사단체는 2016년

1월에 발족하여 주로 병원, 노인요양센터, 장애인 시설과 학교, 독거노인을 찾아가 공연했다. 또 용산 전쟁기념관 평화의 광장, 요양센터 '어버이 감사공연' 그리고 주민들을 위한 공연을 하였다. 특히 독거노인을 위한 공연은 마음을 나누는 소중한 시간이었다. 이웃사랑 성금과 장학금을 전달하고 독거노인을 위한 생필품 전달, 선물과 간식을 제공했다.

아리모는 공연단체이기에 해야 할 일이 한두 가지가 아니다. 나는 힘에 부쳐 몇 번이나 쓰러졌다. 그럴 때마다 나를 일으켜 세운 건 병환 중인 어르신들과 장애인들의 젖은 눈빛이었다.

봉사활동을 하다 보면 학생들에게 변화가 일어난다. 공부할 시간도 부족한데 봉사할 시간이 어디 있느냐며 투정하는 학생도 있었지만, 아이들이 봉사하려고 서두르는 것을 보고 어머니들은 "우리 아들이 변했어요." "아니 제가 변했어요." 또 아들딸들이 바르게 성장하는 것을 보고 봉사하기를 잘했다고 말한다.

우암 송시열 선생의 세답족백洗踏足白, 즉 남의 빨래를 하면서 제 발이 희어졌듯이 봉사는 남에게 주는 것이 아니라 오히려 내가 받는 것이다. 사랑을 나누면서 삶이 풍성해졌으니 내 행복의 파이가 커졌다고나 할까.

아리모가 창단한 지 14년이 되자 초등학생이 대학생이 되고 중학생은 직장인이 되고 대학생은 결혼하여 새 가정을 꾸렸다. 봉사하면서 자란 아이들은 뭔가 다르다. 다른 사람을 배려하고 자립심이 강하며 사회성이 좋다. 또 인성이 아름다우며 스스로 앞길을 개척한다.

군대에 가고 유학을 가고 직장에 다니면서도 틈틈이 봉사에 참여하는 학생들을 보면 기특하기 이를 데 없다. 아리모 활동을 거울삼아 각자 처한 곳에서 봉사활동을 하고 있다는 소식을 들을 때마다 대견스럽다.

아리모 공연은 '시낭송 힐링 콘서트'로 진행된다. 2018년 3월에는 서래아트홀에서 시낭송 공연 초청을 받았다. '제200회 시낭송 힐링 콘서트'에 오셨던 원로시인은 감상평을 써서 문학 카페에 올렸다.

"작품을 재해석 혹은 재구성하는 듯한 시낭송과 음악회를 방불케 하는 성악과 기악 연주, 물 흐르듯 흘러가는 연출 솜씨는 새로운 시낭송의 교범을 보여 주는 듯했다. 마치 한 편의 오페라를 감상한 것 같은 감동을 받았다."

제230회 시낭송 공연을 하다 보니 생각지 않는 효과도 있었다. 치유의 기적이 일어난 것이다.

병원에서 공연할 때의 일이다. 아리모의 남자 고등학생과 어머니가 심순덕 시인의 〈엄마는 그래도 되는 줄 알았습니다〉를 낭송하였다. 모자母子는 고해성사하듯 눈물을 흘렸다. 고등학생은 짜증을 부려 어머니 마음을 아프게 했던 일과 어머니에 대한 감사로, 어머니는 자식의 마음을 헤아리지 못한 일들을 생각하면서 눈시울을 붉혔다. 낭송이 끝난 후 모자는 꼭 껴안았다. 그것을 본 공연자들과 병원 어르신들, 보호자들도 감동을 받았다. 그 뒤 모자는 더욱 다정한 사이가 되었다.

아리스토텔레스는 모든 예술에는 치료의 기능이 있다고 했다. 문학도 예외가 아니어서 시 창작은 정서를 안정시키고 심리를 치료하는 기능이 있다. 그에 못지않게 시를 읽고 외우는 과정에서 낭송자뿐 아니라 청자의 마음도 치유하게 된다.

시를 읽고 낭송하는 행위는 딱딱하게 얼어붙은 땅에서 씨앗이 싹트면 감정에 수분을 더하여 즐거운 에너지의 흐름이 생성되도록 돕는 것이다.

시는 운율을 가진 장르다. 활자화된 시를 눈으로 읽는 것보다 소리 내어 읊을 때 제 음가音價의 맛이 살아난다.

시는 현대인의 삭막한 마음에 정서적 위안을 주고 마음을 정화시켜 주기도 한다. 또한 정신적 스트레스, 고독, 불안, 우울증, 또 소외감을 치유하는 데 도움을 준다.

낭송은 시가 담고 있는 내용을 음성언어인 소리로 표현한다. 또 몸짓으로, 퍼포먼스, 영상으로 감정을 끌어내어 이미지화한다. 청자는 심장을 관통하는 시를 만났을 때 오랫동안 외면하고 있던 슬픔이 녹아내리고 마음속 가장 깊은 곳에 웅크리고 있던 상처가 서서히 치유되는 것이다.

사람마다 각기 다른 정서의 판이 있는데 낭송은 그 판을 건드려 마음을 풀어주고, 안아주고, 토해 내게 하면서 카타르시스를 느끼게 해 준다. 자신도 모르게 눈물이 나기도, 먹먹하기도, 뭉클하기도 하면서 어떤 변화를 일으키는 것, 이것이 시낭송의 힘이 아닐까.

세상에 단 하나뿐인 음악회

이미지를 재현하여 치유하기

오늘은 혼자 사는 할머니를 위한, 오직 한 사람만을 위한 공연날이다.

스물네 명이 센터에 모여 손편지와 카드를 만들고 선물로 드릴 이불과 나태주 시인이 손수 그린 '행복' 시화 열두 점을 액자에 넣은 다음 네 팀으로 나누어 독거노인 댁을 방문했다.

　저녁 때/돌아갈 집이 있다는 것

　힘들 때/마음속으로 생각할 사람이 있다는 것

　외로울 때/혼자서 부를 노래가 있다는 것

치매 앓는 남편을 돌보고 있는 할머니와 홀로 사는 팔십 세 할머니는 사는 게 힘들다며 한숨을 내쉬었다. 방에 들어서자마자 큰절을 올리고 안색을 살피었다. 사흘 전부터 우리 꿈을 꾸었다며 '꿈이냐 생시냐' 하신다. 많이 외로우셨나 보다.

우리는 색소폰, 바이올린, 난타 공연을 하고 나태주 시인의 〈행복〉을 함께 낭송하면서 위로해 드렸다. 할머니는 "내 생애에 이런 날이 오다니" 하며 눈물을 지으셨다.

할머니들이 가장 좋아하는 순서는 손편지 낭독 시간이다. 눈가에 눈물이 맺히면서 이 편지를 관에 넣어 달라고 유언하겠다고 한다. 떠나는 우리가 보이지 않을 때까지 복도에서 손을 흔드는 할머니 모습이 애처로웠다.

14년째 누워 있다는 구십 세 할머니 댁. 들어서는 순간 입이 다물어지지 않았다. 바짝 마른 모습은 안쓰럽다 못해 서늘할 정도였다. 예순 넘은 딸은 어머니가 젊었을 때 음악을 좋아했다며 음악회를 열어 달라고 부탁했다. 지금까지 음악의 끈을 놓지 않으신 것을 보면 젊은 시절부터 음악 애호가였나 보다. 좋아하는 연주를 들으면서 생의 마지막을 맞이하는 것도 행복한 일이지 싶다.

피천득 선생은 아인슈타인의 말을 빌려 "내가 죽는 날은 모차르트 음악을 듣지 못하는 날이다"라고 했다는데, 할머니는 어떤 음악을 좋아했을까. 미리 알았더라면 준비했을 텐데 하는 아쉬운 마음이 들었다. 어쩌면 오늘이 이승의 마지막 음악회가 될지도 모르기 때문이다.

우리는 할머니를 빙 둘러싸고 연주를 시작했다. 어린 시절 동무들과 고무줄놀이를 하면서 불렀던 동요를 바이올린으로 켜고 청춘남녀의 풋풋한 사랑을 그린 '은하수 다방'을 잼배로 연주하고 성악 전공자가 '동그라미 그리려다 무심코 그린 얼굴' 노래를 불렀다. 이승에서 쌓아온 인연들을 추억하면서 고마웠던 사람을 생각하고 용서할 사람은 용서하면서 편안해지시기를 바랐다. 할머니는 미동도 하지 않고 천장만 응시하고 있었다.

다음은 첼리스트가 엘가의 〈사랑의 인사〉를 연주하였다. 선율이 울려 퍼지자 그때까지 움직이지 않던 할머니가 팔을 움직이기 시작했다. 갈대 같은 손가락은 분명 리듬을 타고 있었다. 미미한 움직임! 식물인간처럼 누워 있던 할머니가 연주를 듣고 있었던 것이다. 놀라웠다. 일곱 명이 앉아 있는 방안에는 오직 첼로 선율만이 흐를 뿐 숨소리도 들리지 않았다.

　마지막으로 나는 바스라질 것 같은 할머니 손을 잡고 정지용 시인의 〈향수〉를 귀에 대고 작은 소리로 읊었다. '늙으신 아버지가 짚 벼개를 돋아 고이시는 곳' 하자, 어디선가 모기만한 소리가 들리는 것 같았다. 할머니 목소리였다. 시낭송은 계속되었다. 3연의 '그곳이 차마 꿈엔들 잊힐리랴' 하자 할머니가 갑자기 눈을 크게 뜨더니 "엄마~ 엄마~" 하고 사력을 다해 불렀다. 가슴이 찡했다.

　그날 밤 나는 한숨도 자지 못했다. 아무리 눈을 붙이려고 해도 엄마를 찾는 할머니 목소리가 귓전을 맴돌았다. 세상에 태어나 맨 처음 부르는 엄마, 삶을 끝내고 돌아가면서도 엄마를 불렀다. 나도 그렇게 부르고 싶은 엄마가 있는데…. 어머니에게서 태어나와 그 품으로 돌아가는 인생. 내게도 두고두고 잊지 못할 음악회였다.

찾아가는 시낭송 공연

시를 듣고 감동하며 감성 깨우기

서울시가 주최한 '시가 흐르는 서울' 행사를 '선유도'와 북서울 '꿈의 숲'에서 할 때였다. 일반 시민들은 잔디에 앉아서 시를 들으며 낭만을 즐겼다. 무대도 제법 컸다. 협회는 선유도에서 서정주 시낭송 공연을 했고, 꿈의 숲에서는 애송시 낭송을 하였다.

그런데 낭송하면서 객석을 보니 풀밭에 앉아 있는 한 아주머니가 손수건으로 계속 눈물을 훔치고 있었다. 또 뒤쪽 끝에 앉아 있는 아저씨의 표정도 심상치 않았다. 저마다 비밀스럽게 간직하고 있던 슬픔이 시어와 닿았나 보다.

시인의 경험과 내 경험이 비슷할 때 자기가 하고 싶은 말을 대신 해 주기 때문에 시에 빠져들게 된다. 셰익스피어는 "시는 슬픔을 표현한다"고 했다. 시적 언어는 사람들 사이에 다리를 놓아 자신의 고통스러운 감정과 생각을 시에 이입하여 치유 효과를 가져온다. 시낭송을 듣고 감동하는 바로 그 순간, 치유의 역할을 하게 된다. 감동은 자신을 깨우는 것이니 일종의 부활인 셈이다.

몇 년 전 관리공단에서 시낭송을 한 적이 있다. 사내 곳곳에 시구가 깃발처럼 나부꼈다. 강당에 들어서니 이백여 명의 남자 직원들이 자로 재듯 질서정연하게 앉아 있었다. 분위기가 얼마나 딱딱한지 마치 시멘트 상자 속에 사람들이 들어 있는 것 같았다. 월례회 때마다 감정을 순화시키고 부드러운 환경을 만들기 위해 문화 프로그램을 갖는다는데, 시심을 깨워 아름다운 감성을 갖게 하려는 리더의 노력이 놀라웠다.

시낭송을 하자 그들의 표정이 달라지고 '아' 하는 소리가 들려왔다. 아마도 마음의 변화가 일어난 듯했다. 아일랜드 시인 예이츠는 인간이 느끼는 가장 깊은 만족감은 어떤 채색된 무대가 아니라 인간사의 그늘 안에 감춰진 것들, 즉 소소하고 작은 시에서 감성을 느낀다고 했다. 역설적인 경험이다.

그런가 하면 서울 인근의 부대를 찾아가 시낭송 공연을 할 때였다. 딱딱하고 획일화된 군인들에게 변화를 주기 위해 애국 시와 부모에 관한 시들을 낭송했는데, 그때 군인들에게 절묘하게 어울리는 시가 있었다. 한 낭송가가 읊은 정채봉 시인의 〈엄마가 휴가를 나온다면〉이었다.

하늘나라에 가 계시는
엄마가
하루 휴가를 얻어 오신다면….

군인들은 절절한 시와 그 시를 가슴 절이게 표현하는 낭송에 가슴이 먹먹했을 것이다. 그러면서 어머니에 대한 소중함을 느꼈을 것이다. 부모에게 효도하는 마음을 갖는 것은 곧 나라의 충성과 이어지는 길이 아니겠는가.

'행복' 시낭송 힐링 콘서트

큰 소리로 시를 읊고 마음으로 소통하기

아리모의 '시낭송 힐링 콘서트'는 공연자만 낭송하는 것이 아니라 청자도 직접 낭송한다. 어르신들과 지적장애인들이 직접 소리 내어 읽음으로써 보이지 않는 마음의 현을 울리고 우울한 마음을 쓰다듬도록 한 것이다.

더위가 한풀 꺾인 팔월 중순, 송파구의 지적장애인 시설 강당에 유치환 시인의 〈행복〉이 울려 퍼졌다. 그날 '시낭송 힐링 콘서트'의 주제는 '행복'이었다.

사랑하는 것은
사랑을 받느니보다 행복하나니라.

곧이어 다양한 클래식 연주와 중창, 사물놀이 공연, 탭댄스 교수들의 공연이 펼쳐졌다. 땀이 뚝뚝 떨어질 정도로 신나는 무대였다. 원생들은 환호했다.

중간에 원생들의 낭독이 이어졌다. 허영자 시인의 〈행복〉, 나태주 시인의 〈행복〉, 한용운 시인의 〈행복〉을 원생 네 명이 낭송했다.

눈이랑 손이랑
깨끗이 씻고
자알 찾아보면 있을 거야

깜짝 놀랄 만큼
신바람 나는 일이
어딘가 어딘가에 꼭 있을 거야

— 허영자 시 〈행복〉 일부

그들은 〈행복〉 시를 낭송하면서 난생처음 마이크 앞에서 본다며 볼이 붉게 상기되었다. 처음에는 자신감이 없어서 목소리가 작고 발음이 정확하지 않아 잘 들리지 않았지만 조금씩 좋아졌다. 두려움과 떨림이 고스란히 객석에 전달되었다. 객석에서는 우리들 중에 낭독자가 있다는 것이 신기한 듯 뜨거운 박수를 보내 주었다. 원생들은 무대에서 낭독하고 나니 자신감이 생기는지 공연이 끝나자마자 달려와 물었다.

"언제 또 시낭송 할 수 있어요?"

"또 하고 싶으세요?"

"네, 재미있어요."

시낭송이 그들에게 용기를 주고 의욕을 주었나 보다. 다행이다.

이곳에 오면 마음이 정화되는 느낌이다. 눈빛이 맑고 선하다. 가끔 공연 중에 괴성을 지르거나 쓰러지는 일이 있어 놀랄 때도 있지만 언제 그랬냐는 듯 다시금 평화가 찾아온다.

남부순환대로를 지나다 헌인가구 골목길에서 좌측으로 꺾어지면 작은 천사들이 사는 곳이 나온다. 이곳은 유치원생부터 고등학생이 다니는 지적장애인 학교다.

우리는 14년 동안 이곳에서 공연을 해 오고 있다. 오랫동안 함께해서인지 넓은 강당에 들어서면 그동안의 프로그램들이 눈앞에 아른거린다. 아리모에서는 학생들과 어머니들에게 장애인을 맞이하는 워크숍을 하고 공연을 했다. 페이스페인팅을 하면서 학생들과 교감한 후 시낭송 공연을 비롯하여 아리모 챔버 앙상블, 교수들의 클라리넷 연주, 뮤지컬학과 학생들의 공연, 대학생 합창단, 태권도 시범단의 격파, 가족 난타, 사물놀이, 가족 탭댄스, 수화 공연 등 세월만큼이나 다채로웠다.

특히 이곳에서는 시낭송 공연을 많이 했다. 아무래도 시를 쉽게 이해하기 위해서는 소품이 필요했다. 최남선 시인의 〈해에게서 소년에게〉 1연을 비롯하여 김춘수 시인의 〈꽃〉, 용혜원 시인의 〈꿈〉, 무엇보다도 김용호 시인의 〈남해찬가〉를 화려하게 펼쳤고, 박두진 시인의 〈해〉는 오색 깃발을 매달고 흥겹게 낭송하였다.

또한 이곳에는 낭송을 잘하는 학생도 있어서 즐거웠다. 시낭송은 표현력이다. 가슴속 생각을 언어로 표현하는 것이다. 무대에서 다함께 참여하는 시낭송 공동작품을 만들며 즐거워했다.

어느 해는 프로그램이 끝낸 후 '아리모와 함께하는 친선 농구대회'를 연 적도 있다. 사물놀이팀이 흥겨운 길놀이 공연을 하고 각 팀마다 미리 맞춘 유니폼을 입고 경기를 진행했다. 그런데 막상 시합이 시작되자 상상외의 반전이 일어났다. 그들의 실력은 아리모 학생들이 상대가 안 될 정도로 뛰어났다. 사람에게는 저마다 타고난 장기가 있는데 한 우물만 파는 집요함에는 당할 수가 없다. 코트에서는 농구시합이 진행되고, 코트 밖에서는 응원 기구를 들고 응원하는 뜨거운 함성소리가 강당에 울려 퍼졌다. 서로 어깨를 맞대면서 땀내를 풍기며 뛰었다.

아리모 회원들이 무대에서 '당신은 사랑받기 위해 태어난 사람'을 수화로 할 때면 다니엘 학생들도 무대 아래에서 따라한다. 어느새 공연자들 눈에는 눈물이 고인다.

피날레로 출연진과 다니엘 학생들이 무대에서 함께 부르는 〈고향의 봄〉은 언제 들어도 잔향이 남는다. 음정과 박자는 어디에서도 들어본 적 없는 불협화음이지만 노래를 부르고 나면 가슴이 뭉클해진다. 내년에도 다시 와야겠다고 다짐한다.

외로우니까 사람이다

관계의 언어로 교감하기

　매달 찾아가는 곳이 있다. 할머니 삼십여 분이 계신 단기 노인요양시설이다. 칠순인데도 치매를 앓는 할머니가 있고 백세인데도 벌레 먹은 콩을 가려낼 만큼 정정한 분도 있다. 우리가 찾아가는 날이면 기다렸다는 듯 반갑게 맞이해 주신다.

　14년 전 첫 공연을 할 때는 매우 힘들었다. 표정도, 말씀도 없고 무엇보다 반응이 없어서 마치 벽에 대고 말하는 것 같았다. 그러나 매달 찾아오니 이제는 박수도 잘 치고 동작도 따라하며 "아이구, 고놈 잘한다" 하고 추임새를 넣기도 하고, 옛 기억을 더듬어 한 곡조 뽑기도 한다.

　활자화된 시에 목소리를 실어 낭송으로, 몸짓으로, 퍼포먼스로 또 영상으로 보여 드리면 어르신들은 고개를 끄덕이고 때로는 코끝이 빨개지면서 눈물을 글썽인다.

여고생이 신석정 시인의 〈그 먼 나라를 알으십니까〉를 낭송할 때였다.

"어머니, 당신은 그 먼 나라를 알으십니까."

"몰라."

"어머니, 당신은 그 먼 나라를 알으십니까."

"몰라."

한 할머니가 계속 '몰라' 맞장구를 치자 모두 웃음보가 터졌다. 그러나 한 할머니는 낭송이 끝날 때까지 진지하게 고개를 끄덕이기도 하고, 또 '아니'라고 답하며 당신의 삶을 이입시켰다. 가슴속에 담긴 생각이나 느낌을 시인이 대신 표현해 주기 때문에 공감이 되었던 모양이다.

할머니들은 무심한 표정을 짓기도 하지만 때로는 눈을 감고 잔잔한 미소를 짓기도 하고, 때로는 두 손으로 입을 감싸며 눈가를 적시기도 하였다.

시는 눈으로 볼 때보다 소리로 전달할 때 더 큰 감동이 있다. 시에는 운율이 살아 있어 생동감을 주기 때문이다. 청각은 시각보다 감정적이고 상상력을 확장하여 이미지를 상승시켜 주는 효과가 있기에 더 그렇지 싶다.

충주에서 올라온 할머니는 일흔다섯이라고 했다가 여든다섯이라고도 했다. 다른 할머니들은 분홍 단체복을 입고 있지만 할머니는 곧 외출할 사람처럼 한복을 곱게 입고 있다. 약간 치매기가 있지만 쪽진 머리와 비녀 그리고 옷매무새와 조용한 말씨는 마치 조선시대 여인처럼 단아했다.

두 달 전의 일이다. 이곳에 처음 오신 충주 할머니는 복지사에게 물었다.

"여기가 어디유?"

"서울이에요."

이해가 가지 않는 듯 고개를 갸우뚱하며 또 물었다.

"여기가 어디냐구유?"

몇날 며칠을 졸졸 따라다니며 복지사에게 물었다. 할일이 많은 복지사는 생각다 못해 '여기는 서울'이라고 유리창에 크게 써서 붙여 놓았다. 그 뒤부터 할머니는 작은 보따리를 들고 유리창 밑에서 떠나지 않았다. 혹시 가족들이 당신을 못 찾아올까 봐 그러시는 모양이었다.

얼마 전에 말다툼이 벌어졌다. 충주 할머니가 소피를

보러 간 사이 봉천동 할머니가 유리창 밑 소파에 앉은 것이다. 충주 할머니가 비키라며 밀어내자 봉천동 할머니는 나도 좋은 자리에 앉아 보자며 버티었다. 충주 할머니는 죽기 살기로 밀어냈다. 순둥이 할머니가 고집을 부리며 그렇게 화를 내는 것은 처음 있는 일이었다. 할머니의 주름진 눈가는 어느새 젖어 있었다.

충주 할머니에겐 가슴 아픈 사연이 있다. 시내 드라이브를 시켜 준다던 외아들이 서울 복지소 앞에 내려놓고 그대로 가버린 것이다. 할머니는 아들을 찾으려고 애썼으나 이미 이사 간 뒤였다. 그런데도 할머니는 늘 아들 자랑을 입에 달고 사셨다.

"여─ㄹ 아들 부럽지 않은 아들이에유."

중풍으로 혀가 굳어 말씀을 못하시는 할머니를 볼 때마다 속사정을 아는 사람들은 마음이 아팠다. 할머니는 잃어버린 말을 찾기 위해 어눌한 목소리로 '아─버─지, 어─머─니'를 열심히 따라했다. 퀭한 눈으로 무언가 말을 하고 싶어도 말이 잘 나오지 않자 내 가슴에 얼굴을 파묻고 흐느끼셨다. 가슴 깊은 곳에 담긴 눈물을 하염없이 쏟아내는 할머니를 어떻게 위로해 드리나. 새우등처럼 굽은 할머니의 등을 쓰다듬으며 나는 눈시울이 뜨거워져 말을 잇지 못했다. 고작 내가 할 수 있는 일은 할머니를 껴안고 얼굴을 부비며 위로해 드리는 것뿐인데.

라이너 마리아 릴케는 "고통에 대해 말하지만 말고 그것을 노래하라"고 했다. 나는 할머니에게 정호승 시인의 〈수선화에게〉를 읊어 드렸다.

울지 마라
외로우니까 사람이다
살아간다는 것은 외로움을 견디는 일이다.

하느님도 외로워서 눈물을 흘리시고, 산그림자도 외로워서 하루에 한 번은 마을로 내려온다고.

사람들은 누구나 외로움을 느끼면서 산다. 외로움은 공통분모다. 그러나 어르신들이 겪는 우울증은 삶의 의욕을 저하시키고 존재의미를 잃게 한다. 이럴 때 시를 읊어 드리면 효과가 있다. 할머니는 시를 들으면서 마음을 조용히 가라앉혔다.

공연이 끝나면 우리는 한두 명씩 짝을 지어 어르신들의

발을 씻겨 드리며 말동무가 되었다. 처음에는 냄새 난다며 슬슬 피하던 학생들도 두 팔을 걷어부치고 참여했다. 보통은 할머니 발이 거칠고 굳은살이 박혀 있을 것이라고 생각한다. 그러나 오랫동안 걷지 못하고 무릎으로 기어다니니 어린애 발처럼 말랑말랑하고 부드럽다. 다만 발톱이 까맣거나 모양이 변형되어 녹록치 않은 삶을 짐작하게 한다.

이 작은 발로 그 많은 세월을 어떻게 견뎌 왔을까. 발에는 그분의 삶이 녹아 있다. 그동안 쏟았을 눈물과 설움과 힘겨움이 담겨 있다. 우리는 할머니의 발을 씻겨 드리면서 인생을 배운다. 따뜻한 물로 발을 씻겨 드리고 로션을 듬뿍 발라 마사지한 후 새 양말을 신겨 드리면 할머니들은 "괜찮다", "미안해서 어쩌지" 하면서 눈물을 글썽인다.

나는 이승하 시인의 〈늙은 어머니의 발톱을 깎아 드리며〉를 읊었다.

작은 발을 쥐고 발톱을 깎아 드린다
일흔다섯 해 전에 불었던 된바람은
내 어머니의 첫 울음소리 기억하리라
(중략)

우리가 돌아갈 시간이 되면 할머니들은 손을 꼭 잡고 놓아 주질 않는다. 와주어서 고맙다며 눈물을 흘리기도 하고 물 한 모금 대접을 못해 미안하다고도 한다. 그리고 현관 입구까지 따라 나오며 당부하신다.

"또 올 거지?"

김정로 어르신께 드리는 편지

절규하며 가슴속에 쌓인 응어리 쏟아내기

어르신 안녕하세요?

새벽에 일어나니 간밤에 내린 눈이 나뭇가지에 수북이 쌓였네요. 어제는 어르신이 반가이 맞아 주시던 노인전문병원에 다녀왔습니다. 벌써 12년째가 되네요. 그곳에 가니 어르신의 모습이 어른거렸습니다. 어르신을 처음 뵈었을 때 팔순 할아버지는 기골이 장대하고 활달하여 병원 환자들의 리더였지요. 저를 보자마자 "뉴 페이스군" 하면서 악수를 청하셨지요.

오늘도 시낭송 공연 후에 실내악 연주와 사물놀이 공연, 귀여운 어린이들의 부채춤과 어머니들의 수화 공연이 있었습니다. 물론 여느 때처럼 어르신 시낭독도 있었지요.

설맞이 공연 때의 일입니다. 그날의 주제는 '고향'이었지요. 할아버지께 조병화 시인의 〈고향〉 낭독을 부탁드렸습니다. 처음에는 공연을 망칠 수 있다며 사양했지만 무대에 서는 것만으로도 감사하다고 했더니 쾌히 승낙하셨습니다.

시는 한 달 전에 보내 드렸지요. 드디어 어르신 차례가 되었습니다. 무대라야 물리실의 기계를 치우고 마련한 임시 무대에 휠체어를 타고 무대에 오르셨어요. 할아버지는 호흡을 몰아쉬고 내쉬기를 몇 번 했지만 시 제목 '고향'을 입에서 떼지 못했습니다. 어깨를 올렸다 내리기를 몇 번 하더니 발뚝 붉어진 관자놀이가 파르르 떨리며 깊게 패인 주름 사이로 눈물이 흘렀습니다. 그러고는 떨리는 목소리로 '고~향~' 하셨지요. 얼마나 그리운 산천이기에, 얼마나 사무치는 어머니이기에 반백 년 훌쩍 넘긴 통한의 설움을 한 번에 토해 내기 힘겨우셨을까요. '고향'이라는 단어가 그토록 먹먹한 단어인 줄 몰랐습니다.

고향은 스스로가 태어난 곳
스스로가 죽어서 돌아가는 곳

할아버지는 5행까지 낭독하고 더 이상 못하겠다며 멈추었습니다. 고향 생각, 특히 어머니를 생각하면 그리움이 북받치는 모양입니다. 울먹이는 할아버지를 보면서 주위는 숙연해졌습니다. 숨이 멎는 듯한 정적에 심장이 아프고 명치끝이 시렸습니다. 분단된 민족의 아픔에 흰 등골이 아리었습니다. 숨죽이며 지켜보던 환자도 보호자도 간호사도 공연자들도 모두 울고야 말았습니다. 병원 실내는 그리움으로 출렁이었습니다.

할아버지 고향은 함경도라고 하셨지요. 1·4후퇴 때 어머니를 남겨두고 잠시 내려왔는데, 이제는 고향에 돌아갈 수 없다며 꼭 한 번이라도 어머니를 뵐 수 있으면 소원이 없겠다며 입버릇처럼 말씀하셨지요.

그런 아픔이 있는 할아버지에게 낭송을 부탁드려 혹여 마음이 상한 것은 아닌지 걱정이 되었습니다. 그러나 할아버지는 사물놀이 박자를 맞추며 흥겨워하셨지요. 참으로 다행이었습니다. 아마도 가슴에 묻어 두었던 감정을 쏟아내고 나니 시원해진 모양입니다. 언어의 씻김굿이라고나 할까요.

헤르만 헤세는 "시는 원래 솔직한 것이다. 시는 생명을 가진 영혼이 감정과 경험을 깨닫기 위해 표출하는 외침, 울부짖음, 한숨, 몸짓, 반응이다"라고 했습니다. 할아버지는 가슴에 맺힌 한을 시낭송으로 표출하면서 다소 위로가 된 것 같습니다.

몇 달 뒤 할아버지의 건강이 좋지 않다는 복지사의 말을 듣고 병문안을 갔습니다. 꽃다발과 과일을 받아들고는 어쩔 줄 몰라 하셨지요.

"뭐 이런 걸 사들고 왔어요?"

얼마 후 할아버지는 다시는 돌아올 수 없는 곳으로 떠나셨습니다.

어르신, 이제 아프지 말고 편한 곳에서 쉬십시오.

늘 어르신의 모습을 기억하겠습니다.

해야 솟아라

역동적으로 낭송하기

해마다 독거노인 댁을 찾아갔다. 판잣집에도 가고 임대 아파트에도 갔다. 어디를 가나 쓸쓸함과 외로움이 묻어 있어 마음이 아렸다.

구정을 앞두고 남부순환로길에 사는 독거 할머니 댁을 찾았을 때의 일이다. 그날따라 겨울바람이 사정없이 불어 댔다. 판잣집 처마 밑에는 고드름이 주렁주렁 달리고 걸 어놓은 빨래는 동태가 되어 뻣뻣했다. 냉골 바닥에서 지 낸다는 할머니는 해마다 찾아오는 우리가 반가운지 함박 웃으셨다.

"추운데 또 왔어요."

준비해 간 선물을 드리고 큰절을 올렸다. 할머니는 말할 상대를 기다렸다는 듯이 여름 홍수 때 우면산 산사태로 옆집이 쓸려간 이야기를 하면서 너무 무서웠다고 했다. 우리는 노래를 부르고 마술도 하고 연주를 하면서 마음을 풀어 드렸다. 나는 희망을 드리는 박두진 시인의 〈해〉를 낭송하였다.

해야 솟아라. 해야 솟아라. 말갛게 씻은 얼굴 고운
해야 솟아라. 산 넘어 산 넘어서 어둠을 살라먹고
(중략)

따사로운 햇살이 비치기를, 소망의 내일이 어서 오기를, 희망과 광명이 어서 찾아오기를 간절한 마음으로 읊었다. 어쩌면 구원을 향한 몸부림이었는지도 모른다.

할머니는 해의 기운을 받겠다며 추운데도 윗옷을 벗고 내복차림으로 두 팔을 벌리셨다. 감기에 걸린다며 말렸지만 소용이 없었다. 할머니에게 시는 주술의 언어였던 것이다.

낭송이 끝나자 가슴에 맺힌 체증이 내려간 것 같다며 눈물을 흘리셨다. 팍팍한 삶에서 전해 준 시 한 구절은 외로움을 달래주고 지친 마음을 위로해 준다. 우리는 어깨를 감싸안고 눈물로 기도를 드렸다.

그 이후 우면산 산사태 정비사업으로 판잣집이 철거되었다. 할머니는 어디로 가셨을까. 어디에 계시든지 편안하게 잘 지내시기를 빈다.

일곱 살 적 어머니는 하얀 목련꽃

추억을 회상하며 이야기 나누기

오늘의 시낭송 주제는 '어머니'다. 복지사에게 미리 시를 보냈더니 신동호 시인의 〈봄날 피고 진 꽃에 대한 기억〉을 이름이 같은 신동호 할아버지가 선택하셨다.

나의 어머니에게도 추억이 있다는 걸
참으로 오래되어서야 느꼈습니다

할아버지는 오랜 이야기를 꺼낸 듯이 낭독하면서 '찔레꽃' 노래를 구슬프게 불렀다. 얼마나 슬프던지 가슴이 미어지는 것 같았다.

시낭독을 하고 난 후 할아버지와 인터뷰를 했다.

"어머니 하면 어떤 모습이 생각나세요?"

"나를 예뻐해 주며 웃으시던 모습이 떠오릅니다."

할아버지는 그때가 생각난 듯 눈을 지그시 감았다. 할아버지의 표정은 소년처럼 맑았다.

오세영 시인의 〈어머니〉를 낭독한 할아버지는 이십 대에 돌아가신 어머니를 회고하였다.

그녀의 육신을 묻고 돌아선

나의 스물아홉 살,

어머니는 이제 별이고 바람이셨다.

14년 동안 시낭송 프로그램을 진행했더니 어르신들의 낭송 솜씨가 많이 좋아질 뿐 아니라 표현력이 나아졌다. 수전증을 앓는 어르신은 김소월 시인의 〈못잊어〉를 낭송하며 애절하게 그리움을 표현하였다.

못잊어 생각이 나겠지요

그런대로 한 세상 지내시구려

사노라면 잊힐 날 있으리다.

"아직도 못 잊는 분이 계신가요?"

"네. 5년 전에 떠난 아내입니다. 10년 동안 아내의 병간호를 했지만 지금도 아내를 생각하면 그립습니다."

사랑은 퍼낼수록 깊어진다고 했던가. 부부 간의 사랑은 마르지 않는 샘물 같은 그리움이었다.

황금찬 시인의 〈나의 소망〉을 읊은 할머니께 여쭈었다.

"올해는 어떻게 살고 싶으세요?"

"이 시처럼 정결한 마음으로 새해를 맞이하겠습니다. 남을 미워하지 않고요."

욕심 없이 살 것이라며 다짐했다. 남편이 저 세상 사람이 되었을 때는 슬퍼서 살고 싶지 않았지만 이제라도 소망을 가지고 살겠다고 했다.

열 권의 시집을 냈다는 할머니는 시바타 도요의 〈비밀〉을 읊었다. 구순의 할머니는 목에 빨간색 손뜨개 목도리를 둘렀다. 목도리가 예쁘다고 했더니 손을 내밀며 손톱도 봐달라고 했다. 빨간 매니큐어와 빨간 목도리가 어울려 더 예쁘다고 했더니 선생도 예쁘다며 덕담을 건넸다. 그만큼 여유로워졌다는 표현일 게다.

난 말이지, 죽고 싶다고
생각한 적이
몇 번이나 있었어.

(중략)

시를 낭독한 후 시의 내용대로 당돌한 질문을 드렸다.

"살면서 죽고 싶을 때가 있었습니까?"

"그럼요. 죽고 싶을 때가 있었지요."

"그때가 언제였습니까?"

"남편이 하늘나라에 갔을 때지요."

사실 사랑하는 사람의 죽음이나 이별을 겪어 보지 않는 사람은 잘 모른다. 상실로 인해 '텅 빈' 공간에는 상처로 가득차 있다. 이 상실감을 어떻게 극복할 것인가.

이별의 슬픔이 너무나 커서 삶의 희망과 의욕이 떨어졌다는 할머니께 또 질문을 했다.

"지금의 에너지는 어디에서 온다고 생각하시나요?"

"자녀들이지요."

3남1녀를 두셨다는 할머니는 자녀들이 사랑스럽다고 했다.

"지금도 이 시처럼 사랑하면서 꿈을 꾸시나요?"

"그럼요. 사랑하지요. 남녀 간의 사랑만 사랑이 아니니까요."

할머니는 달변가였다. 발음이 정확하고 활력이 넘치며 논리정연했다. 그리고 당당했다.

장성한 아들이 그 자리에 참석했는데, 달라진 엄마의 모습을 보고 놀라는 눈치였다. 아들은 소심하고 날카롭던 어머니가 시를 낭송하면서 부드러워졌다고 했다.

다른 보호자들도 어르신들의 활기찬 언변에 놀라워했다. 어르신들도 스스로 시를 낭송하면서 자신감이 생기고 활력이 넘친다고 입을 모았다.

그런가 하면 아흔셋 된 할아버지는 빅토르 위고의 〈봄〉을 소리 높여 낭독하시고 영원히 사랑하면서 살겠다며 당신의 꿈과 소망을 큰 소리로 말했다. 시낭송을 하면서 활기를 찾은 모습에 감사하고 보람을 느꼈다.

마지막으로 김재진 시인의 〈토닥토닥〉을 나의 선창에 따라 병원이 떠나가듯 큰 목소리로 시를 따라했다.

나는 너를 토닥거리고
너는 나를 토닥거린다
삶이 자꾸 아프다고 말하고
너는 자꾸 괜찮다고 말하고
(중략)

　그동안 자네 애썼네. 수고했어. 그동안 잘 버텼어. 얼마
나 힘들었는가. 내 가슴을 두드리며 토닥토닥해 주세요.
팔십 평생 애썼네. 구십 평생 애썼어. 내 팔과 다리에게도
토닥토닥해 주세요. 옆에 계신 어르신에게도 토닥토닥.
자네 애썼네. 그동안 수고 많았어.

도종환이를 내가 가르쳤소
역설을 수용하기

우면산 기슭, 서울시 인재개발원 입구에 노인요양센터
가 있다. 이곳은 국내 최대 규모로 시설이 훌륭하다. 우리
는 이백 병상이 있는 이곳에서 9년째 '어버이 감사공연'
을 해 오고 있다. 유자효 시인은 자주 참석하여 좋은 말씀
과 시낭송을 해 주었다. 듣기 좋은 음성으로 자작시 낭송
을 하면 시에 저절로 빠져들었다.

4년 전쯤 유자효 시인의 장모님께서 이곳으로 오셨다.
오랫동안 모시고 살아서인지 두 분의 정이 남다르다. 장모
님은 시낭송 공연 때마다 사위의 시 〈꼭〉을 낭독했다.
복지사 말이 구순의 장모께서는 낭독 연습을 하면서 즐거
워하신다고 한다. 사위와 장모가 엮는 시낭송은 아련한

그리움으로 피어나는 서정적인 그림이었다.

　　꼭
　　돌아갈 거야
　　그날 그 시간 그곳
　　이제는 영원이 되어
　　흔적없이 사라진
　　그날 그 시간 그곳
　　우리 다시 만나
　　꼭

　시를 들을 때마다 가슴이 먹먹했다.
　몇 년 전, 어르신 중에서 시낭독 하실 분이 있는지 알아
봐 달라고 복지사에게 부탁했다. 며칠 지나자 지원자가
있다고 연락이 와 도종환 시인의 〈흔들리며 피는 꽃〉을
보내 드렸다.

　흔들리지 않고 피는 꽃이 어디 있으랴.
　이 세상 그 어떤 아름다운 꽃들도

다 흔들리면서 피었나니

흔들리면서 줄기를 곧게 세웠나니

흔들리지 않고 가는 사랑이 어디 있으랴.

(중략)

공연 당일 날 할아버지는 나를 보자마자 기다렸다는 듯
이 말씀하셨다.

"내가 도종환이를 가르쳤소."

우연치고는 절묘했다.

"아, 그러세요."

"내가 고등학교 국어 선생이었시유."

"아, 그러셨어요. 선생님이 제자의 시를 읽어 주시다니,
그 제자는 영광이네요."

할아버지는 교직 생활을 해서인지 또박또박 잘 읽으셨
다. 그 자리에 모인 어르신들께 할아버지를 소개했다. 할
아버지는 도종환 문화체육관광부 장관을 가르친 국어선
생님이셨는데 오늘 제자의 시를 낭독해 주셨다고 하자 어
르신의 표정이 한결 밝아졌다.

할아버지는 아리모에서 증정한 양말 200켤레를 어르신

대표로 받으시고 감사 인사말씀을 했다. 우리는 어르신의
삶에 활력이 있기를 기원하였다.

노인요양센터에서 진행하는 프로그램은 '어버이 감사
공연'이기에 어버이 또는 가정에 대한 시낭송이 많다.

특히 한강의 기적을 이루기 위해 노력했을 어르신들을
위해 이근배 시인의 〈한강은 솟아오른다〉는 시는 큰 감동
을 주었다. 배너 5개를 세우고 입체 시낭송으로 대학생,
직장인, 시낭송가가 함께 펼치는 야심작이었다.

아침이 열린다

긴 역사의 숲을 거슬러올라

어둠을 가르고 강이 태어난다

이 거친 숨소리를 받으며

뛰는 맥박을 짚으며

소리 지르며 달려드는 물살 앞에서

설움처럼, 감워온 한강의 이야기를 듣는다

(일부)

시낭송을 배우는 시간에는 시바타 도요 할머니의 시 〈약해지지 마〉를 낭송하였다.

있잖아
불행하다고
한숨짓지 마

세계 최고령 시인 100세 시바타 도요 할머니의 삶을 이야기하며 시를 한 구절씩 복창했다. 어르신들은 다목적실이 떠나가도록 큰 목소리로 '약해지지 마'를 따라했다. 나에게도 '약해지지 마', 옆 사람에게도 '약해지지 마' 우리 모두 '약해지지 마' 응원가가 되었다. 힘들 때도 있었지만 무너지지 않아 다행이야.

공연이 끝나고 어르신들을 안아 드리면 무척 고마워했다. 어느 어르신은 '하나님이 온 것 같다'며 눈물을 흘리셨다.

작은 시낭송 발표회

고통스러운 감정 드러내기

몇 년째 작은 요양센터를 찾아가고 있다. 열다섯 분 정도 계신 곳이다. 처음 이곳에 갔을 때는 글을 읽을 수 있는 분이 한 분뿐이라고 했다.

그런데 몇 년 동안 시낭송을 지도하자 한 분이 세 명이 되고 다섯 명이 되고 나중에는 열두 분 모두 낭독하게 되었다. 시낭독을 하면서 자연스럽게 말문이 트이고 발음도 정확해지면서 표정이 밝아지고 생기가 돌았다.

또 글을 멀리했던 분들이 시를 가까이하면서 마음이 여유로워지고 분위기가 좋아졌다. 어르신들은 소통이 잘 안 되어 가끔 다툼이 생기곤 하는데, 시낭송을 하면서 화기애애해졌다며 센터장은 고맙다고 했다.

시낭송 발표회 날에는 어르신들이 정장을 차려입는다. 그리고 연습한 시문에 그림을 그려 예쁜 시화판을 들고 소파에 앉아 계신다. 클래식 연주와 성악과 시낭독이 함께 어우러진 발표회장은 작지만 평화롭고 아름답다.

전직 음악교사는 말이 어눌해진 초기 치매를 앓고 있다. 김소월 시인의 〈엄마야 누나야〉를 온몸으로 표현하면서 입을 달싹이었다. 그 간절한 율동과 들리지 않는 낭송은 듣는 이의 마음을 울렸다. 나는 그분의 낭송을 들으며 섬진강변에서 어머니와 지내던 어린 시절이 떠올라 눈물이 어른거렸다. 시낭송을 듣고 있으면 자기 경험을 이입하게 된다.

한 할머니는 '어머니'에 대한 시를 낭독한 후 가슴에 묻어 둔 이야기를 꺼냈다. 어린 시절 딸로 태어난 것도 억울한데 어머니는 못생겼다며 초등학교도 보내지 않고 일만 시켰단다. 그땐 정말 죽을 만큼 힘들었는데 야단까지 칠 때는 어머니가 빨리 죽었으면 좋겠다고 생각했다며 눈시울을 붉혔다. 그리고 가슴속에 맺힌 설움을 털어놓으니 후련하다며 한숨을 쉬었다. 그동안 이 설움을 가슴에 담고 사느라 얼마나 힘드셨을까.

할머니는 말씀이 많아지고 표정도 밝아졌다. 각자 시낭송을 하고 나면 격려의 박수를 보내며 서로를 응원하였다. 어르신들은 그때 그 시절을 회상하며 옛날이야기를 실타래 풀듯 풀어놓았다. 그러면서 맛있는 음식을 나누니 어찌 이 시간이 즐겁지 아니하랴.

더 작은 곳도 있다. 열 분이 계신 곳인데, 처음 이곳에 갔을 때는 모두 입을 닫은 채 누워 있는 적막강산이었다. 그러나 시낭독을 하면서 몸을 일으켜 말문이 트인 할머니가 여러 분 계셨다. 여름에는 과일화채를 만들면서 시낭독을 하고, 겨울에는 케이크를 드시면서 낭독했다. 침대에 누워서 낭독하는 할머니는 다른 분이 오면 화를 벌컥내어 '벌컥 할머니' 라는 별명을 가졌지만, 시낭독을 하자고 하면 순한 양이 되었다.

꽃이 피네, 한 잎 두 잎.
흰 하늘이 열리고 있네.

지금은 별이 되셨지만 할머니가 읽은 이호우 시인의 〈개화〉는 아직도 귓가에 울린다.

아름다운 이 세상 소풍 끝내는 날

꿈의 이미지를 통한 심리 치유

8월 초, 햇살이 따가웠다. 들녘엔 초록 물결이 출렁이고 토란대, 땅콩, 고추, 가지가 여물어 가고 있었다. 서울을 떠난 지 세 시간 반, 눈에 익은 갈맷빛 산등성이가 보이더니 우람한 지리산이 드러났다.

어머니가 돌아가신 지 여섯 달 만에 고향집을 찾았다. 반갑게 짖던 워리도 없고 청포도는 새까맣게 말라 비틀어지고 정원은 여기저기 거미줄이 쳐져 있었다. 현관문을 따고 거실로 들어섰다.

"아버지 어머니, 저 왔어요."

'오냐, 어서 오너라.'

맨발로 뛰어나와 반갑게 맞이해 주실 것 같았다.

"절 받으세요."

늘 그랬듯이 거실에 들어서자마자 무릎을 꿇고 큰절을 올리다가 그대로 주저앉고 말았다. 형제들과 담소를 나누던 소파도, 부모님 손때가 묻은 집기들도 그대로인데 정적이 흘렀다. 사진 속에서 웃고 계신 부모님 사진을 보니 눈앞이 흐려졌다. 우리들 전화번호가 깨알같이 적힌 작은 수첩과 돋보기는 방금 사용한 듯 전화기 옆에 놓여 있었다.

큰 방문을 열었다. 방금 누웠다 일어난 것처럼 침대 위에는 이불과 베개가 나란히 놓여 있었다. 어머니의 영정 사진을 들고 침대에 누웠다. 5년 전 아버지가 이 침대에서 임종하셨고, 6개월 전 어머니도 세상을 뜨신 자리. 부모님의 숨결과 체취가 느껴졌다.

"어머니, 잘못했습니다."

"아버지, 잘못했습니다. 용서해 주세요."

생전에 자주 찾아뵙지 못한 불효를 생각하니 눈물이 쏟아졌다. 우리 곁에 늘 계실 것 같은 부모님은 황망히 떠나는데 무엇이 그리 바쁘다고 종종대며 살았는지 후회스러웠다.

안방 화장대에는 눈썹을 그리던 작은 연필과 붓솔 그리

고 화장품이 가지런히 놓여 있고, 조그마한 필통에는 볼펜이 들어 있다. 어머니의 정갈한 성품이 느껴졌다.

부엌을 지나 계단으로 내려갔다. 명절 때 쑥떡 콩떡을 찧던 절구통, 커다란 가마솥, 거미줄 쳐진 장독대가 을씨년스러웠다. 된장 고추장 먹거리로 가득했던 커다란 독들은 텅 비어 있다. 공허했다.

밖으로 나왔다. 군청 뒤에 있는 선산으로 향했다. 길가에 핀 배롱나무꽃이 서러웠다. 부모님 봉분 앞에 서니 허망함에 넋을 잃었던 일이 엊그제 같았다.

버스를 타고 지리산 노고단으로 향했다. 이곳은 부모님과 자주 드라이브했던 곳이다. 웅장하게 펼쳐진 산세의 파노라마는 가슴의 울혈을 녹여 주었다. 노고단에서 아버지와 커피를 마시며 산세를 둘러보던 곳, 어머니와 노래를 부르며 시를 읊던 일이 생각났다. 구상나무, 함박꽃나무, 엉겅퀴, 삿갓나물, 하늘말나리, 산물푸레나무 우거진 숲길을 걷다가 계곡물에 발을 담갔다. 나뭇잎 사이로 햇살이 쏟아지는 한여름인데도 차가웠다.

집으로 돌아와 불을 켰다. 거실 저편에서 아버지 어머니가 걸어 나오실 것만 같았다. 정원의 동백나뭇잎 사이로 초승달이 동그마니 떠 있다. 마치 어머니 눈썹 같다.

나는 그날 밤 아버지와 어머니가 떠나신 이부자리에서 밤새 베개를 붙들고 울었다. 눈물이 폭포수처럼 쏟아졌다. 대학 시절에는 집이 커서 혼자 집에 있지 못했다. 그러나 지금은 부모님과 함께 있다고 생각하니 조금도 무섭지 않았다.

서울에 돌아온 후 부모님 꿈을 꾸었다. 어머니는 생시와 똑같은 모습이었다. 나는 어머니와 마주보고 누워서 오순도순 이야기를 나누었다. 그런데 내가 어머니를 품에 꼭 안고 있었다. 그리움이 쌓여서일까.

또 생전에 시낭송을 한 적 없는 아버지가 천상병 시인의 〈귀천〉 시를 들려주었다. 하늘에서 지상을 내려다보며 시를 읊는 아버지 목소리는 부드러우면서도 분명했다. 반가웠다. 하지만 가슴이 먹먹했다. 여운이 남아 자리에서 일어나지를 못했다.

나 하늘로 돌아가리라
아름다운 이 세상 소풍 끝내는 날,
가서, 아름다웠더라고 말하리라

꿈속에서 들은 아버지 목소리는 부모님을 잃은 슬픔에서 벗어나게 해 주었다. 그리고 내겐 삶의 목적을 일깨워 주고 활력을 불어넣어 주었다.

온 가족이 낭송하는 아름다운 세상

내면에서 우러나오는 본능을 실행하기

(사)대한노인회 노인자원봉사단이 주최하는 공모전에 아리모 어르신부의 '시낭송 힐링 콘서트'가 선정되었다. 시낭송을 모르는 어르신들에게 시를 보급하여 감성을 가꾸고 뇌를 활성화시켜 품격 있는 문화를 만들어 보자는 뜻이었다.

경로당과 노인대학을 찾아다니며 홍보했지만 관심이 적어 진행할 수가 없었다. 맥이 풀렸다. 하지만 지성이면 감천이라고 했던가. 9전10기 만에 양재 느티나무 쉼터 강의실에서 시낭송을 처음 접해 본 어르신들에게 강의를 시작할 수 있었다.

첫날은 아홉 분이 참석했다. 강의가 진행될수록 한 분씩

늘었다. 시낭송은 소리예술이다. 낭송 연습을 하면서 발음이 좋아지고 자신감을 갖게 되며 표현력이 향상된다. 또걸음걸이가 좋아지고 허리도 반듯하게 펴지며 얼굴 표정이 밝아지셨다. 시낭송을 한다는 것은 단순히 언어를 표현하는 것뿐 아니라 자신의 삶을 시어 속에 녹여 감정을 표현하는 것이다. 어찌 보면 자기 자신을 찾아가는 길인지도 모르겠다.

수강자는 육십 대도 있지만 거의 칠십 대 후반이고 최고연장자는 구십 세 할머니였다. 어르신은 혼자 대중교통을이용할 정도로 건강했다. 다만 시력이 나빠 딸이 크게 써준 시문을 가지고 다니셨다.

누군가가 내게 '당신은 올해 최선을 다했습니까?' 하고묻는다면 나는 자신있게 대답할 수 있다. 내 몸이 방전될만큼 최선을 다했다고. 나는 강의뿐 아니라 무대공연도기획하여 감독, 연출, 음악, 영상, 무대의상과 소품, 리플렛 제작과 현수막, 무대 설치와 시설 점검까지 하면서 최선을 다했다. 돌아서면 잊어버린다는 어르신들에게 '할수 있다'는 용기를 드리며 4개월 동안 매주 두세 시간씩봉사했다.

그런데 녹음실에 다녀온 후 몽둥이로 온몸을 두들겨 맞은 듯하더니 그대로 쓰러지고 말았다. 나도 모르게 몸이 풀린다는 것을 경험했다. 열세 시간 동안 쥐 죽은 듯이 잠을 잤다. 다행히 빨리 회복되었다. 이것을 보고 어르신들은 더 열심히 했다.

마지막 강의 날, 92세 어르신은 방울토마토 두 개와 시루떡 한 팩을 검은 비닐봉지에 싸서 내 손에 꼬옥 쥐어 주셨다. 따뜻했다. 수업 시간에 어르신이 읊는 구상 시인의 '반갑고 고맙고 기쁘다. 앉은 자리가 꽃자리니라' 는 시가 가슴을 뭉클하게 했다.

드디어 10월 중순. 서초문화예술회관 르네상스홀에서 '시낭송 힐링 콘서트' 막이 올랐다. 무대에 처음 서 보는 어르신들은 리허설을 했는데도 우왕좌왕 어쩔 줄 몰라 했다. 아리모 챔버 앙상블의 오프닝 연주에 이어 시낭송 공연이 펼쳐졌다.

나태주 시인의 〈선물〉을 낭송하고 이어서 정현종 시인의 〈섬〉을 영상과 함께 여섯 명이 낭송했다. 자기 체험이 녹아 있는 다양한 낭송이었다.

특히 80대 할아버지와 옥색 한복을 곱게 차려입은 칠십 대 할머니가 읊은 한용운 시인의 〈사랑하는 까닭〉은 애틋하다 못해 가슴이 뭉클했다.

내가 당신을 사랑하는 것은
까닭이 없는 것이 아닙니다.
다른 사람들은 나의 홍안만을 사랑하지만은
당신은 나의 백발도 사랑하는 까닭입니다.
(중략)

어르신들의 낭송은 삶의 연륜이 묻어 있기에 그 누구도 흉내 낼 수 없는 오묘한 맛이 있다. 그분만이 가지고 있는 정서와 감성으로 낭송하기 때문이다. 열한 편의 작품 중에서 가장 정성을 기울인 작품은 유자효 시인의 〈인생〉이었다.

늦가을
할머니 둘
버스를 기다리다 속삭인다.

"꼭 신설동에서 청량리 온 것만 하지?"

(전문)

눈 깜짝할 사이에 흘러가는 인생, 몇 걸음 걷다 보니 육십 대요 돌아보니 칠십 대요 다가오는 팔십 대다. 단 다섯 행의 짧은 시를 어떻게 표현할 것인가. 어머니의 자궁에서 태어나 어머니에게로 돌아가는 인생을 탯줄로 표현하기로 하고 겹으로 꼰 무명천을 무용수가 들고서 희로애락을 표현하였다. 출연자들은 버스정류장 앞에서 초단위로 계산된 아기 탄생의 울음소리와 버스 음향에 맞춰 대사와 몸짓과 낭송으로 표현하였다. 짧은 시였지만 가장 많은 시간이 소요된 작품이었다.

마지막으로 서정주 시인의 〈푸르른 날〉은 지휘에 따라 합송했다.

눈이 부시게 푸르른 날은
그리운 사람을 그리워하자.

어르신들의 표정은 더할 수 없이 행복했다. 하늘로 팔을 올리고 낭송하는 표정은 아름다웠다. 어르신들의 표정을 보면서 지휘하는 나도 내내 행복했다. 이어서 유자효 시인의 시화 〈선물〉을 행운권 추첨으로 증정하였다.

무대를 내려오면서 한 어르신의 첫마디가 나를 감동케 했다.

"나도 저승 가서 할 말이 생겼네. 나에게 이런 일이 일어났다고. 이건 기적이야, 기적!"

모두들 한마디씩 했다.

"정말 행복합니다."

관람자들도 뮤지컬을 본 것 같다며 덕담을 했다. 저마다 자기만의 색깔로 감정을 표출하여 좋았다고 한다. 누가 어떠한 음감으로 시어를 표현하느냐에 따라 다가오는 느낌이 다르다. 삶의 연륜에서 토해 내는 감정은 시어의 체취가 되어 청자의 마음을 흔들었고, 자신의 삶이 녹아 있는 공연은 한 편의 드라마였다.

그런데 더욱 놀라운 일이 생겼다. 손자손녀들이 할아버지 할머니 공연을 보고 시낭송하는 가정이 생긴 것이다. 가족 뒤편에 앉아 있던 자신의 위치가 달라졌다. 전문 연주자들과 함께한 공연은 대성공이었다.

(사)대한노인회 주최 KT인재개발원에서 전국대회 우수
사례 발표자로 선정되어 공연 성과를 발표했다. 발표가 끝
나자 많은 사람들이 감동받았다며 문 앞에 줄을 섰다. 시
낭송 물결이 퍼질 것 같은 예감이 들었다.

　올해 어르신 공연은 '가족'을 주제로 시낭송 힐링 콘서
트를 기획하였다. 가족의 의미를 생각해 보는 15편의 시
낭송과 클래식 연주, 성악, 무용, 영상 그리고 뮤지컬이
어우러진 소중한 무대가 될 것이다. 가족 공연은 사랑과
웃음과 진한 뭉클함으로 감동을 줄 것이다. 올 10월, 얼마
나 따뜻하고 정감 있는 무대가 펼쳐질지 가슴 설렌다.

* 참고 : 《시치료》 존 폭스 지음, 최소영 외 옮김

3. 서초금요음악회, 회상하다

서울아카데미심포니오케스트라
장일남 지휘자

서초문화예술회관 아트홀(구 서초구민회관 대강당)에서는 매주 서초금요음악회가 열린다. 1994년 3월 4일 '신춘음악회'란 제목으로 서울아카데미심포니오케스트라에 의해 첫 등불을 밝혔다. 25년 동안 지속된 음악회는 머지않아 1,100회를 맞는다.

나는 빛바랜 초창기 팸플릿을 보고 연주에 매료되었던 지난 시절을 회상해 보곤 한다. 그동안 훌륭한 음악가들이 출연하여 현과 건반의 앙상블을 통해 큰 감동을 안겨 주었다. 명곡의 선율은 보이지 않지만 우리 정서를 아름답게 가꾸고 내면 깊숙한 곳의 감정을 지휘하여 삶의 질을 풍성하게 해 준다. 금요음악회에는 클래식 음악뿐만 아니라 국악과 뮤지컬, 무용, 연극 등 다양한 음악들이 연주되었다.

〈기다리는 마음〉, 〈비목〉을 작곡한 장일남 지휘자는 부리부리한 눈과 긴 은발 그리고 흰 눈썹이 인상적이었다. 객석의 호응이 좋아 연주할 때마다 800석이 꽉 찼다. 수준 높은 음악은 클래식의 감동을 전해 줄 뿐 아니라 IMF로 경제가 어려울 때 마음을 위로해 주었다. 지휘자가 무대 위에서 이런 말을 한 적이 있다.

"음악은 자연의 햇빛, 흙, 바람뿐만 아니라 눈에 익숙한 고향길, 작은 돌멩이 하나도 사랑하면서 새로운 눈으로 보게 하지요."

음악은 창의성과 상상력이 동반되며 그 선율은 사람의 마음을 어루만져 사랑을 준다는 것이다.

1998년 송년음악회 때는 유명 성악가들이 출연하여 주옥같은 성악을 들려주었다. 그중에서도 마지막 곡인 하이든의 〈NO. 45 고별 교향곡〉은 잊히지 않는다. 하이든이 마흔 살에 작곡한 곡이다. 그를 후원한 니콜라스 에스테르 하지 가문의 관현악단 악장으로 일 년이 넘도록 단원들에게 휴가를 주지 않자 악단 책임자인 하이든은 단원들이 집에 가고 싶은 마음을 퍼포먼스로 작곡한 것이다. 음악은 사랑 고백을 대신해 주기도 하고, 때론 하고 싶은 말을 음악을 통해서 전달하기도 한다.

장일남 지휘자는 〈고별〉을 연주하면서 퍼포먼스를 하였다. 차분하면서도 쓸쓸한 느낌의 곡이 연주되다가 마지막 악장 후반부로 가면서 휘몰아치더니 다시 고요하고 느린 아다지오로 흘렀다. 그러고는 연주자들이 한 명씩 악보를 접고 스탠드 불을 끈 후 조용히 사라지자 또 다른 연주자가 연주하다가 사라지고 또 연주하다가 사라지고 마지막 제1바이올린 연주자가 구슬픈 멜로디를 연주하면서 사라졌다. 지휘자도 지휘봉을 가만히 내려놓고 사라지면서 무대 위는 가는 불빛만 남았다. 한해를 돌아보며 올해도 이렇게 지나가는구나, 송년의 의미를 더했다. 감동적이었다.

지휘자는 〈고별〉을 지휘한 지 8년 후, 그러니까 2006년 9월 24일 우리들 곁을 영원히 떠나셨다.

나를 키운 건
팔 할이 시낭송이다

1994년 6월 17일은 내게 의미 있는 날이다. 서초금요음악회 사회자로 처음 등장한 날이기 때문이다. 지금은 여러 자치구에서 클래식 음악회가 열리지만 그때는 서초구가 유일했다. 더구나 시낭송가가 음악회 사회를 본다고 팸플릿에 소개되는 것도 처음이고 10년 동안 사회를 본 것도 흔치 않은 일이었다.

부족한 내가 사회를 보게 된 것은 서초구에는 일찍이 문화예술의 토양이 마련되어 있었기에 가능했다. 1993년부터 '시와 음악의 향연'으로 시낭송대회가 12년 동안 열렸고, 김수남 소년한국일보사 사장이 심사위원장으로 시낭송의 씨를 뿌렸기 때문이다.

'제154회 가을을 여는 가곡의 밤'을 서울아카데미심포니가 연주했을 때의 일이다. 음악회 시작 전에 장일남 지휘자가 감정이 격해지는 일이 생겼다. 분위기가 심각했다. 음악회가 열릴 수 있을지 염려될 정도였다. 나는 기도하는 마음으로 김현승 시인의 〈가을의 기도〉로 문을 열었다. 무대에 선 장일남 지휘자는 조금 전에 있었던 일을 다 잊은 듯이 객석에 뜨거운 감동을 안겨주었다. 역시 대단한 음악가였다. 음악회를 마치고 지휘자가 말했다.

"국 선생은 사회를 참 잘 봅니다. 목소리가 곱고 자연스러우며 세련되고 따뜻함이 배어 있어요."

아마도 시낭송이 분위기를 차분히 가라앉혀 음악회가 성공적으로 이루어진 것에 대한 감사 표현이었던 것 같다.

나는 서초 고전음악감상실 DJ로 음악 해설을 했던 경험을 살려 연주될 곡을 충분히 숙지한 다음 무대에 섰고, 또 계절, 기후, 연주곡, 연주단체, 출연자, 신년과 송년에 어울리는 적절한 시를 찾아 한 연 또는 전문을 낭송했다.

신년에는 오케스트라 반주에 맞춰 박두진 시인의 〈해〉를 신명나게 읊어 신년 분위기를 고조시켰다. 안숙선 명창이 출연할 때는 작은 체구에서 어떻게 저런 소리가 날까 싶어, 이수익 시인의 〈승천〉 전문을 낭송했다. 관객도 출연자도 흡족해했다.

소리에 취한 사람들이
그를 일러
참으로 하늘이 내리신 소리꾼이라 하더라.

가을밤 서초구청 야외에서 브라스밴드 음악회가 열릴 때는 윤동주 시인의 〈별 헤는 밤〉을 읊었다.

시는 노래다. 시낭송은 노래를 부르는 것이다. 시낭송은 시 속에 감추어진 리듬을 노래하기에 음악회 분위기를 상승시키는 데 도움이 된다. 객석의 반응은 다양했다. 시낭송을 줄여 달라고 하는 분들도 있고 감동적이라며 사인해 달라는 분들도 많았다. 나는 한·불 음악회, 한·러 음악회, 한·이태리 음악회는 물론 여러 음악회 때마다 시를 낭송했다. 수준 높은 음악과 시낭송은 불가분의 관계라고 생각했기 때문이다.

서정주 시인은 '나를 키운 건 팔 할이 바람'이라고 했지만, 음악회 사회자로 나를 키운 건 팔 할이 시낭송이었다.

오현명 성악가

붉은 낙엽이 인쇄된 팸플릿에 성악가 오현명의 사진이 선명하다. 1997년 9월 20일 '성악가 오현명 독창회'가 열렸다. 음악회 시작 전 문화담당 직원이 급히 달려와 도와 달라고 했다. 이유를 알아보니 음악회 환경에 대한 불만과 어린이들이 입장하는 것을 보고 놀라신 모양이었다.

성악가는 목소리로 연주하는 사람이다. 컨디션이 좋지 않으면 기량을 제대로 발휘할 수 없으니 얼른 수습해야 했다. 나는 황급히 달려가 사회자라고 소개하고 선생님 노래를 아주 좋아한다고 말씀드렸다. 그러자 대뜸 음악회에 무슨 사회자냐며 못마땅해하는 눈치였다. 진땀이 났다.

무대에서 객석을 보니 작사자 구상 선생이 보였다. 얼른 달려가 인사를 드리자 연회색 두루마기를 입은 구상 선생은 만면에 웃음을 띠며 반갑게 손을 잡아 주었다. 오현명 선생은 사회자와 구상 선생과의 관계를 알고서 표정이 누그러졌다.

객석은 차고 넘쳤다. 성악가는 은발이 넘실거리는 곱슬머리와 트레이드 마크인 검은 뿔테안경을 쓰고 무대에 섰다. 마치 중세시대의 성악가 같았다. 두툼한 배에서 풍겨 나오는 저음은 매력적이었다. 바리톤의 풍부한 성량으로 노래를 부를 때마다 여기저기서 '브라보' 소리가 터져 나왔다. 성악가는 뜨거운 반응에 한껏 고무되었다.

1부 휴식시간이 되자 오현명 선생은 사회자를 찾아와 박수를 더 쳐주도록 유도해 달라고 부탁했다. 또 어린이들의 감상 태도에 놀랐고 음악 감상 수준이 높을 뿐만 아니라 열기가 높아 감탄했다고 하셨다.

2부 〈명태〉를 부를 때는 절정이었다.

어떤 외롭고 가난한 시인이

밤늦게 시를 쓰다가

쇠주를 마실 때

그의 안주가 되어도 좋다

그의 시가 되어도 좋다

한국적 정서가 물씬 풍기는 〈명태〉는 구수하고 익살스러웠다. 예전부터 들어온 노래지만 오늘 밤에는 더욱 맛깔스러웠다. 소주를 마시는 '카아' 추임새며, 명태 허허허, 명태라고 음음, 헛헛, 쩝쩝 허탈한 웃음소리, 한숨소리, 느리게 가다가 빨리 몰아치는 호탕한 구음은 한 편의 드라마요 아리아였다. 관객은 기립박수로 환호하며 커튼콜이 계속되었다. 음악회는 성황리에 마쳤다.

지금도 그때를 생각하면 식은땀이 난다.

서울팝스오케스트라
하성호 지휘자

매회 연주 때마다 청중과 교감하면서 지휘하는 지휘자가 있다. 서울팝스오케스트라 하성호 지휘자다. 그분의 지휘는 화려하고 열정적이다.

'제194회 클래식이 고웁고 팝은 시원하고'(1999년 7월 23일) 연주회 때의 일이다. 그날도 활기차게 오케스트라의 단골 메뉴인 〈위풍당당 행진곡〉과 영화음악, 가요와 헝가리안 랩소디 팝스까지 장르를 오르내리며 지휘하더니 〈쿵따리 샤바라〉 가요를 지휘하였다. 그러고는 클래식의 위화감을 없앤다며 객석을 바라보며 제안했다.

"오케스트라 지휘를 해 보고 싶은 어린이 있나요? 앞으로 빨리 나오세요."

용기 있는 어린이가 손을 번쩍 들고 나와 오케스트라 지휘를 하였다. 객석에서도 덩달아 신이 났다. 그 어린이는 생전에 잊지 못할 추억 하나를 가진 셈이었다. 참으로 즐거운 이벤트지 싶다. 분위기가 무르익자 색다른 이벤트를 소개했다.

"여러분께 오케스트라를 지휘할 수 있는 기회를 주겠습니다. 용기 있는 분은 나오세요."

모두 어리둥절해하고 있을 때 이번에도 용감한 초등학생이 손을 번쩍 들었다. 어린 학생은 팝스오케스트라의 지휘자가 되어 신나게 지휘했다. 곡명은 〈Doc와 춤을〉 두 박자 곡이었다. 객석은 모두 박수를 치며 무대와 객석이 하나가 되었다. 뜻밖의 이벤트는 사람을 즐겁게 한다.

그날 마지막 곡으로 드보르작 〈신세계 교향곡〉 48분 곡을 편곡하여 8분 동안 들려주었다. 어렵게 느껴지는 클래식 음악이 가까워지도록 노력한 것이다.

2001년 1월 26일 연주회 때도 하성호 지휘자는 연주 중간에 파격적인 이벤트를 제안했다.

"서초구민께 기회를 드리겠습니다. 〈사랑은 아무나 하나〉 이 노래를 오케스트라 반주에 맞춰 노래할 분 계십니까?"

갑작스러운 제안에 정적이 흘렀다.

"노래를 부르신 분에게는 멋진 순간을 마련해 드리겠습니다. 용기 있는 분 안 계십니까?"

그러자 무대 앞쪽에서 남자분이 손을 번쩍 들었다. 자기소개를 부탁하자,

"양재동에 사는 ○○○입니다."

하고는 제스처를 써가며 멋지게 2절까지 불러 모처럼 흥겨운 음악회가 되었다. 지휘자는 21세기는 고정관념을 깨고 창조적이어야 한다며 무대와 객석의 벽을 허물고자 했다.

지금 생각해도 멋진 음악회였다.

김동진 작곡가
그리고 백조의 호수

늘 특별했지만, 제206회 '색동어린이의 동요와 민요잔치'로 열린 1999년 10월 22일 공연은 더 특별했다. 사십 명의 색동어린이합창단과 동요어머니회, 그리고 〈가고파〉를 작곡한 김동진 작곡가가 직접 지휘자로 나선 것이다. 그날도 어린이들은 한 의자에 두 명씩 앉고 복도 바닥 그리고 뒤까지 서 있었다. 20, 30년은 되었을 허름한 양복을 입고 무대에 선 여든일곱의 노장은 보청기를 꽂고 차분하면서도 열정적으로 지휘했다. 가슴이 뭉클했다.

고향 마산 합포를 그리며 지은 이은상 시조인의 10수나 되는 긴 시조에 김동진 선생이 작곡한 〈가고파〉를 노장의 지휘에 따라 객석에서는 전후편을 대강당이 떠나가도록 합창하였다. 명시가 주는 감동과 그 곡을 작곡한 지휘자의 지휘에 따라 부른 감동은 잊히지 않는다. 거기 있던 사람들은 그날의 감동을 고스란히 기억할 것이다.

제188회 '러시아와 우리 민속무용의 만남' 공연도 잊을 수 없는 특별한 공연이었다. 1부는 '지희영' 한국무용단이 출연하여 한복의 고유한 선을 살린 잔잔한 곡선미와 유연한 춤사위가 돋보이는 부채춤을 비롯하여 우리 민속무용을 추었다. 2부는 러시아 무용단의 특별공연으로 볼쇼이발레단 소속 무용수들이 현대무용과 러시아 민속무용을 보여 주었다. 아름다운 선이 서정적이면서 역동적이었다.

그런데 현대무용 작품이 끝나자 문제가 생겼다. 무용수들이 숨을 고를 휴식시간이 필요한데 프로그램이 이어지는 바람에 무대가 갑자기 텅 비어 버린 것이다. 사람들은 무용수가 등장하지 않자 웅성웅성거렸다. 그날은 어린이 관람자가 많아서인지 더 소란스러웠다. 사회자로서 그대로 있을 수 없었다.

다음 곡은 차이콥스키의 〈백조의 호수〉였다. 나는 예정에 없었지만 급히 무대에 올라가 〈백조의 호수〉의 아름다운 사랑 이야기를 동화로 들려주었다. 지그프리드 왕자와 백조의 여왕 오데트가 마술사의 계략에도 불구하고 본래의 사람으로 돌아와 행복한 사랑의 보금자리를 이룬 이야기 말이다. 이야기가 끝나자 아름다운 백조가 등장하여 자연스럽게 연결되었다.

사회자는 순발력이 필요하다. 오늘 공연할 곡을 미리 알고 있었기에 돌발상황에 대처할 수 있었다. 공연이 끝나자 사람들이 물었다.

"동화구연가세요? 덕분에 오늘 〈백조의 호수〉 잘 들었어요."

음악회에서 만난 청년

IMF 전후에는 모두 어려운 때여서 엘가의 〈위풍당당 행진곡〉이 자주 연주되곤 했다. 지휘자들은 보통 1번 또는 중간부분을 연주했는데, 객석으로 몸을 돌려 박수를 유도해 무대와 객석이 아름다운 앙상블을 이루곤 했다. 웅장하고도 힘이 넘치는 오케스트라의 〈위풍당당 행진곡〉은 근심어린 마음을 위로해 주고 삶의 희망을 북돋아 주어 '위풍당당 효과'란 말이 생겨날 정도였다.

모차르트 음악을 들으면 머리가 맑아져 '모차르트 효과'란 말이 있듯이 희망이 샘솟기는 같은 맥락이지 않을까.

아카시꽃 향기가 넘실대는 봄이었다. 벌써 2개월 전부터 내 옆자리에는 건장한 청년이 도맡아놓고 자리를 잡았다. 코리아 헤럴드 영자판을 끼고 다니던 청년은 겉멋이 들긴 했어도 괜찮아 보였는데, 점점 이상한 행동이 눈에 띄기 시작했다. 혹시 다른 사람이 내 옆자리에 앉기라도 하면 기어코 자리를 빼앗거나, 메모하고 있으면 상반신을 세워 어린아이처럼 큰 소리로 읽었다. 또 연주 리듬과는 다른 엇박자를 치며 작은 소란을 피웠다. 주위 시선을 아랑곳하지 않는 것으로 보아 지적장애를 가진 청년인 것 같았다.

그는 〈위풍당당 행진곡〉이 연주될 때마다 어깨를 들썩이며 팔을 높이 쳐들고 환호성을 질렀다. 객석에 방해가 될까 봐 여간 신경 쓰이는 게 아니었다. 음악은 시간의 리듬에 맞추어 잘 조화된 자극으로 정신지체에 도움이 될 뿐 아니라 불안요소를 덜어주는 치유효과가 있다. 나는 청년이 조금이라도 나아지기를 기대하며 조심스럽게 돌봐주었다.

음악회가 끝날 즈음 콧등에 안경을 세우고 물었다.

"혜숙 씨, 다음 주에도 나오나요?"

두 번씩이나 물었다. 마치 마음이 끌리는 자기 또래 아가씨에게 말하듯 은근한 말투였다. 대학생 아들을 둔 나로

서는 어이가 없었지만 그 정도의 감성을 가진 것만으로도
다행이라 생각하고 웃으면서 대답해 주었다,

"네, 그럼요."

다소 어눌하고 엉뚱한 청년은 흰 이를 드러내며 환하게
웃었다. 순박한 젊은이가 여간 안쓰럽지 않았다. 청년은
점차 안정을 되찾은 듯했다.

어느덧 저물어가는 2000년 초가을, 그날은 200회 특별
행사가 있는 날이었다. 구청장이 시작 전에 찾아와 악수
를 청했다.

"매주 사회 보느라 수고가 많으십니다."

그때 옆자리에 앉아 있던 청년이 벌떡 일어나 꾸벅 머리
를 숙였다. 그러자 뒤에 있던 문화담당 계장이 이미 잘 알
고 있다는 듯이 친절하게 소개했다.

"국 선생님 아드님입니다."

"아, 그러세요. 반갑습니다."

생각지도 않는 아들이 하나 더 생기는 순간이었다. 청년
은 어깨를 으쓱하고 내 뒤를 졸졸 따라다녔다. 그날은 테
너 신영조, 소프라노 곽신형, 피아니스트 김용배를 비롯
한 쟁쟁한 음악가들이 출연하고 국회의원을 비롯해 많은

내빈들이 참석했다. 청년은 앞자리 내빈 전용 자리에 안내되었다. 긴장한 탓일까, 코를 자꾸 벌름거리며 숨소리도 가빠지는 듯했다. 마음이 조마조마했다.

첫 순서로 장일남 지휘자가 은발을 흩날리며 등장했다. 차이콥스키의 현악 4중주곡 중 2악장 안단테 칸타빌레가 울려 퍼졌다. 정제된 슬라브 정서가 애절하면서도 서정적으로 연주되었다. 계단까지 앉은 객석은 아름다운 선율에 매료되었다.

그때였다. 갑자기 청년이 엇박자로 손뼉을 치며 팔을 좌우로 흔드는 것이었다. 지금까지 한 번도 들어보지 못한 괴성까지 지르면서 말이다. 당황스러웠다. 달려가서 아무리 말려도 소용이 없었다. 그는 차이콥스키 현악 4중주곡을 〈위풍당당 행진곡〉으로 착각한 모양이었다. 그 지휘자가 그 자리에서 더러 연주했었기 때문이다.

객석이 술렁거리기 시작했다. 그러나 내 힘으로는 어찌할 방법이 없었다. 따가운 시선이 등 뒤에서 화살처럼 꽂히는 듯했다. 직원이 다가와 청년을 억지로 데리고 나갔다. 끌려가다시피 나가는 모습을 보자 마음이 무거웠다.

클로징 멘트를 하자마자 청년이 걱정되어 출입구를 향해

달려 나갔다. 그때 먼발치에서 나에게 목례를 하는 분이 있었다. 직감적으로 청년의 아버지라는 생각이 들었다. 딱 그 연배였다. 연세보다 머리가 하얗게 센 분, 근심어린 모습이 딱해 보였다. 나도 그쪽을 향해 목례로 답했다. 청년은 여느 때와 다름없이 문 앞에서 기다리다가 또 물었다.

"혜숙 씨, 다음 주 금요일도 나오나요?"

"네, 그럼요."

그러나 청년은 그날 이후 보이지 않았다. 내가 사회를 그만둔 6년 후까지도. 지금도 거리를 걷다가 〈위풍당당 행진곡〉이 들리면 그 자리에 멈추어 선다. 나를 짝사랑했던 내 큰아들 같은 청년. 그는 지금 어떻게 지내고 있을까. 위풍당당하게 잘 살고 있어야 할 텐데.

저음의 매력

    신이 준 최고의 악기는 사람의 목소리라고 한다. 목소리에는 어느 악기에서 느끼지 못할 따뜻함이 배어 있다. 사람의 숨결과 호흡이 담겨 마음을 움직이게 하는 힘이 있다.

    나는 성악가의 목소리를 좋아한다. 하늘을 치고 올라가는 소프라노의 맑은 음색도 좋고, 편안하고 지적인 메조도 좋고, 대지를 감싸안는 듯한 알토도 넉넉해서 좋다. 또한 분수처럼 열정적으로 뿜어내는 테너도 좋고, 탄탄하고 굵은 바리톤도 좋다. 그중에서도 가장 좋아하는 목소리의 음역대는 장중하게 울려 퍼지는 베이스다. 테너나 바리톤처럼 화려하지도 열정적이지도 않지만 울림이 풍부하고 깊이가 있어 남성다운 중후한 매력을 발산한다.

나는 베이스 음역대의 악기도 좋아한다. 첼로나 바순이나 콘트라베이스 또 튜바는 볼륨감이 풍부하여 장중함을 준다. 무엇보다 전체 화음을 풍성하게 만들고 소리를 편안하게 싸안는다.

베이스는 합창에서도 그 진가를 발휘한다. 목소리와 목소리가 겹쳐 하나의 결을 만들어 오묘한 음색을 빚어내는 합창에서 베이스는 풍부한 성량으로 전체를 아우르며 조화롭게 만든다. 그래서 베이스 파트가 있고 없음에 따라 합창의 깊이가 확연히 달라진다.

베이스 중에서도 가장 낮은 저음의 바소 프로폰드 노랫소리는 더 솔깃하다. 저음으로 부르는 구노의 〈아베마리아〉는 신에 대한 경외감으로 옷깃을 여미게 한다. 다른 음역으로 불렀을 때 이처럼 경건함이 느껴질까 싶다.

그러고 보면 이삼십 대의 활력이 넘치는 소리가 테너라면 베이스는 인생을 깊이 관조하는 장년의 소리라고 할 수 있다. 인생을 포용하는 소리, 전체를 아우르며 품어안는 소리, 단연 베이스 음역이다.

굵직하면서도 속 깊은 목소리, 인생을 달관한 듯한 여운을 주는 그 소리를 찾아 인생 항로를 나아가고 싶다.

매일 행복합니다

　몇 년 전 재능시낭송협회 송년회에서 있었던 일이다. 전
국에서 모인 회원들과 유명 시인들 그리고 내빈들이 세종
홀에 꽉 찼다. 그 자리에는 배우 윤정희 씨도 있었다. 그
녀의 첫인상은 듣던 대로 우아하고 아름다웠다. 미소 띤
얼굴로 차분하게 걸어와 우리 테이블에 앉았다. 소매 끝
과 앞면 가장자리에 겨자색 바이어스를 댄 폭넓은 검은
롱드레스는 그녀를 돋보이게 했다.

　그러나 가까이에서 보고 놀랐다. 젊은 날의 배우 윤정희
를 상상해서일까. 한편으로 실망스러웠다. 그녀는 자연스
럽게 나이 들어가는데, 우리는 영원히 젊기를 바랐던 것
같다.

젊음과 외모를 중시하는 사회에서 늙음을 받아들이기는 쉽지 않다. 특히 여배우에게는 더욱 그럴 것이다. 그러나 그녀는 세월에 지지 않고 당당했다. 흘러가 버린 젊음에 연연하기보다 나이 들며 얻어지는 자연스러움, 따뜻함, 편안함을 느끼게 해 주고 싶었던가 보다.

영화배우 메릴 스트립이 "늙는 것을 받아들이고 삶을 찬양하라" 했듯이 내면의 성숙함이나 지성미로 젊음을 대신하는 것 같다. 그녀는 동석한 회원들과 스스럼없이 대화를 나누며 사진을 찍었다.

나는 송년회가 무르익어 갈 즈음 윤정희 씨를 자연스럽게 무대 위로 안내했다. 행운권을 뽑아 달라는 부탁을 하면서 즉석 인터뷰를 했다.

"올해가 결혼 33주년이라고 들었습니다. 세계적인 피아니스트 백건우 씨와 살면서 가장 행복한 때는 언제인가요?"

그녀는 잠시 생각하는 표정을 지었다. 실내에는 정적이 흘렀다. 어떤 대답이 나올까 궁금해하는 표정이었다. 그녀는 엷은 미소를 지으며,

"매일 행복합니다."

답변을 기다리고 있던 사람들은 와~ 일제히 함성을 질렀다. '어떻게 그럴 수 있느냐'는 표정이었다. 어떤 때 또는 어떤 날이라고 대답할 줄 알았는데 누구나 할 수 없는 대답을 한 것이다.

"매일 행복할 수 있는 비결을 알려주시겠어요?"

연이은 질문에 그녀는 소탈하고도 스스럼없이 답했다.

"음악을 들으면 행복을 느낍니다. 그리고 작은 일에 감사하지요."

실내에 행복 바이러스가 퍼졌다. 내조의 여왕이라고 소문난 그녀는 자기가 좋아하는 일을 하면서 행복해하고 작은 일에 감사하면서 나이 들어가고 있었다.

행복은 주관적이다. 질량으로도 부피로도 크기로도 잴 수 없다. 내가 느끼는 것만큼 내 것인 것이다. 남들이 보기에 소소하고 작은 것일지라도 내가 크게 생각하고 감사하면 그 사람은 행복한 사람이다.

그녀는 일 년 뒤 영화 〈시〉에 출연하여 호평을 받았다.

"매일 행복합니다."

신선했다. 나도 그녀처럼 매일 행복하고 싶다.

별빛여행

몇 해 전 여름, 남편 직장 동료들과 이집트 시나이산을 올랐다. 해발 1,500m 고지. 첩첩산중의 산장에서 하룻밤 묵고 시나이산 정상으로 향했다. 한치 앞도 보이지 않는 칠흑같은 새벽에 '카멜, 카멜' 외치는 소리가 들리더니 누군가 내 옷을 붙들었다. 현지인 낙타몰이꾼이었다.

어둠 속에서 "휴게소에서 만나요" 하는 남편의 목소리가 들렸다. 우리는 각자 낙타를 타고 산으로 올라갔다. 이집트인들이 즐겨 마시는 카라카데차에 입술을 적시면 목젖을 타고 들어가는 새콤달콤한 맛과 유리 글라스에 비치는 몽환적인 붉은 빛깔처럼 설레는 기대감으로 전진했다.

쌍봉 낙타등에 한발을 척 걸치니 아라비안나이트의 대상

이 된 듯했다. 낙타몰이꾼에게 물으니 나를 태운 낙타는 열한 살 '씸씸'이란다. '깨'라는 뜻이니 참깨, 들깨처럼 고소한 여행이 되지 않을까. 씸씸이는 시력이 좋아서인지 깜깜한 산길을 잘도 올라갔다.

어느새 일행은 어둠 속으로 사라졌다. 조금 전까지 들리던 말소리는 전혀 들리지 않고 깜깜한 산에 남은 것은 오로지 씸씸이와 나뿐. 두려움이 느껴졌다. 한 점 바람마저 불지 않아 별들이 운행하는 소리도 들릴 것 같은 정적은 마치 다른 세상에 와 있는 듯했다.

그때였다. 산봉우리에 올라서니 갑자기 시야가 확 트이며 사방에서 조명을 쏘아대듯 별똥별이 떨어졌다. 손에 잡힐 듯 크고 작은 유성들이 흰 포물선을 그리며 꽃비처럼 쏟아졌다. 빗금을 그으며 떨어지는 별똥별을 본 적은 있으나 이렇게 폭죽 터지듯이 떨어지는 유성은 처음이었다.

고향에서는 별똥별이 떨어질 때 소원을 빌면 이루어진다고 했는데, 나는 별빛에 빠져 소원을 비는 것조차 잊었다. 파란 하늘은 온통 보석 밭이었다. 초록, 빨강, 노랑, 굳이 보석에 비유하자면 에메랄드, 루비, 다이아몬드라고나 할까.

어느 별은 유난히 광채가 나고 또 어느 별은 흐릿했지만 저마다 다르게 빛났다. 형형색색 빛나는 하늘의 성좌. 이 황홀한 느낌. 그 순간 나는 우주의 미아가 되었다. 그즈음 일상이 무미건조하게 느껴질 때여서인지 반짝이는 별빛이 더욱 생동감 있게 느껴졌다. 활력을 되찾으라고 응원해 주는 것 같았다. '그래, 세상은 아름다운 거야.' 마음속에서 무언가 꿈틀거렸다.

나도 모르게 윤동주 시인의 〈별 헤는 밤〉을 읊조렸다.

별 하나에 추억과
별 하나에 사랑과
별 하나에 쓸쓸함과

은하수는 하늘을 가로지르며 강물처럼 유유히 흘렀다. 하얀 면사포를 길게 드리운 신부 모습이라고나 할까. 그중에서 유난히 반짝이는 별 하나를 발견했다. 직녀별 '베가'였다. 그날은 음력 칠월 초이레 칠석날. 견우와 직녀가 오작교 위에서 사랑을 나누는 날이 아닌가. 지구상의 모래 알보다 많은 우주의 별들이 서로 바라보며 만나는 것, 또

무수한 사람들과의 만남은 소중한 인연이라는 생각이 들었다.

불빛이 보이는 곳에서 일행을 만나 남편과 라면을 먹었다. 꿀맛이었다. 그리고 숨이 턱끝까지 찰 정도로 가파른 산을 힘들게 올라갔다. 드디어 2,285m 정상이었다.

어둠을 뚫고 저 멀리서 태양이 솟아올랐다. 붉은 화강암 돌산이 겹겹이 펼쳐진 웅장한 대자연의 장관은 형언할 수 없이 아름다웠다. 신비롭고 황홀했다.

시나이산은 이집트를 탈출한 모세가 사십 일 동안 광야를 헤매다가 돌판에 새긴 십계명을 받아들고 감사기도를 드렸던 곳이다. 그래서인지 한 편의 장대한 서사시가 울려 퍼질 것 같았다.

시나이산을 다녀온 뒤로 하늘을 올려다보는 버릇이 생겼다. 이른 새벽녘에 유난히 반짝이는 샛별과 눈을 맞추고, 늦은 귀갓길에는 횡단보도 앞에서 눈길을 주고받았다. 깜깜한 밤중, 아파트 옆 경원중학교 운동장을 돌 때도 간간이 하늘을 쳐다보곤 했다. 별이 적으면 적은 대로, 흐릿하면 흐릿한 대로, 멀리 보이면 멀리 보이는 대로 한참을 올려다보았다. 그러다 보면 화났던 일도, 속상했던 일도 대수롭지 않게 여겨지고 마음이 차분해지면서 가라앉았다. 한결 여유로워졌다고나 할까. 또한 예전보다 사람과의 인연을 더 소중히 감사하게 생각하게 되었다. 밤하늘에 별이 아름답게 빛나는 것처럼.

천지에서

숲사랑 소년단 교사들과 백두산으로 향했다. 백두산 아래 첫 마을 이도백하에 도착하니 가문비나무, 잎갈나무, 자작나무가 어른 허리 정도까지 흰 페인트칠을 하고 일렬종대로 반가이 맞아 주었다. 소나무 군락지인 미인송림을 탐방하니 이름만큼이나 매끄러운 살결을 드러내며 백년 이상 된 소나무들이 하늘을 향해 쭉쭉 뻗어 있었다.

백두산 들머리 서파산문에 도착하니 사람들로 붐볐다. 그곳에는 빨간 글씨로 '장백산'이라고 대문짝만 하게 쓰여 있을 뿐 출입문, 입장권 그 어느 곳에도 '백두산'이라는 글자는 없었다. 중국 땅을 밟고 천지를 올라가는 오늘의 현실이 안타까웠다. 자작나무들이 군락을 이룬 숲길은 하얀 수피가 아름다웠지만 마음 한쪽은 씁쓸했다.

미니버스는 정상을 향해 곡예하듯 질주했다. 꼬리를 물고 이어지는 행렬은 구불구불한 오르막 산길을 마구 내달려 위험할 정도였다. 손잡이를 꽉 잡았다. 창밖에는 세찬 비가 마구 퍼부었다.

1,700m 수목한계선의 사스레나무 군락지. 거친 비바람을 맞으며 껍질이 벗겨진 채 한쪽 방향으로 쏠려 있었다. 측은했다. 동시에 강한 생명력이 느껴졌다.

수목한계선 2,000m. 나무가 자랄 수 없는 환경이다. 오직 낮은 자세로 자연 환경에 순응해야 하는 높이다. 그러나 이 높은 곳에서도 꽃을 피우는 야생화는 사방에 널려 있었다. 놀라웠다.

마지막 정류장에 도착하니 하늘에 구멍이 뚫린 듯 비가 억수같이 쏟아졌다. 바람이 거세어 대피소로 피했으나 그곳에도 사람들이 몰려와 들어갈 수가 없었다. 사람들은 비를 피할 수 없게 되자 서둘러 하산했다. 우산은 하늘로 날아가고 우의는 비바람에 휘날렸지만 나는 포기할 수 없었다. 정상으로 향하는 나무계단을 더욱 힘차게 밟았다.

시야가 흐려 앞이 보이지 않았다. 왜당귀, 노란 화살곰

취의 작은 꽃잎이 팔랑대며 고개를 살포시 내밀었다. 가쁜 숨을 몰아쉬며 1,442계단을 올랐다. 할머니를 태운 중국인 가마꾼도 힘이 드는지 거친 숨소리가 옆 계단까지 들렸다. 인력거에 매달린 빨간 구슬도 힘들다는 듯 마구 흔들렸다.

해발 2,750m. 드디어 정상에 올랐다. 그러나 온통 흰 구름과 안개뿐, 앞이 보이지 않았다. 마치 허공에 붕 떠 있는 것 같았다. 하늘과 땅 사이의 경계선은 애초부터 없었다는 듯 천지가 그대로 하늘이 되고 구름이 되어 사위를 구분할 수가 없었다.

정상에 올랐다는 기쁜 마음에 아무것도 찍히지 않을 빈 허공을 향해 카메라 셔터를 마구 눌러댔다. 안개가 살짝 물러서자 한쪽 귀퉁이에 '조선 200M'라고 써진 경계표지석이 보였다. 마치 이국땅에서 동포를 만난 듯이 반가웠다. 월담하여 사진을 찍으면서 남한과 북한도 이처럼 수월하게 왕래할 수 있으면 얼마나 좋을까 생각했다.

얼마나 지났을까. 비바람을 맞아서인지 온몸이 으슬으슬 떨렸다. 8월인데도 장갑을 낀 손끝이 시렸고 산악용 샌들을 신은 맨발은 바알갛게 얼었다. 사람들은 더 기다리지 않고 하산하기 시작했다. 백두산 천지는 3대가 덕을 쌓아야 볼 수 있다고 하지 않던가. 나는 덕을 쌓지 못했지만 천지를 보여 달라고 어린애처럼 염치없이 기도했다.

그때였다. 여기저기서 고함소리가 들렸다.

"천지다!"

"하늘이 열린다!"

환호성이 터졌다. 서서히 걷히는 운무 사이로 언뜻언뜻 보이는 천지는 가히 장관이었다. 바람의 흐름에 따라 구름과 안개는 미끄러졌다가 멈추고 움직이기를 반복하면서 빠르게 퍼졌다. 천지가 보일 듯 말 듯 애간장을 녹였다. 천지개벽이 이랬을까. 자연의 파노라마의 연출은 드라마틱했다. 천지를 보니 가슴이 벅차올랐다.

천지의 시커먼 물은 단단한 오석 같았다. 왜 저리도 검을까. 하늘에서 떨어졌나, 땅에서 솟았나. 할아버지의 할아버지, 그 할아버지의 할머니, 아니 오천년 한민족의 응어리진 한과 설움이 화석처럼 굳어 버린 것 같았다.

시간이 흐르자 구름이 서서히 걷히면서 물빛 색깔이 조금씩 밝아졌다. 하늘과 구름이 빚어내는 오묘한 빛깔의 조화. 시커먼 먹빛이 네이비블루였다가 지중해 코발트색이었다가 하늘빛이었다가 파란 청잣빛으로 변했다. 어둡던 내 마음도 풀렸다. 감탄사가 절로 나왔다. 한참동안 천지를 바라보면서 아름다운 정경을 꾹꾹 눌러담았다.

하산하는 푸른 초원에는 송이꽃, 어수리, 궁궁이, 노란 두메양귀비가 여기저기 피어 있었다. 앙증맞은 꽃들은 귀엽고 사랑스러웠다.

다음날 북파에 오르니 구름 한 점 없는 쾌청한 날씨여서 천문봉에서 바라보는 천지는 눈이 시릴 정도였다. 푸른 청잣빛 하늘을 한아름 담고 있었다. 천지에 풍덩 빠질 듯했다. 맑은 물그림자에 비친 봉오리들은 한폭의 산수화였다. 봉오리를 품은 천지처럼 남북한도 어서 하나가 되기를 꿈꿔 본다.

수니온곶에서
포세이돈 신전을 만나다

신화의 땅 아테네에 온 지 나흘째다. 딸의 대학원 논문 발표로 그리스행에 동행했다. 나는 꿈에도 그리던 수니온 곶의 포세이돈 신전에 가기 위해 나섰다.

오월인데도 아침 햇살이 어찌나 따가운지 작년 이집트 여행 때 생긴 햇빛 알레르기가 고개를 내밀었다. 몸은 마음보다 민감하게 반응한다는 것을 느끼며 시외버스를 타기 위해 오모니아 광장을 지나 국립 아테네 박물관 쪽으로 향했다.

길을 가다 보면 아름다운 아프로디테들이 눈에 띈다. 대리석처럼 매끈한 하얀 피부, 에게 해 푸른빛을 닮은 파란 눈동자, 조각한 듯 잘 다듬어진 코, 그린 듯 선명한 입술,

이목구비가 뚜렷한 아가씨들은 어깨까지 내려오는 긴 곱슬머리를 나풀거리며 도보를 횡단하였다. 마치 아테네박물관의 조각품들이 걸어 다니는 것 같았다. 길가의 손수레 주인은 우리나라 땅콩장수처럼 애기나 섬의 특산품 파스타치오를 델피의 페르나소스 산처럼 쌓아놓고 지나가는 손님을 불렀다. 북쪽의 레오포로스 알렉사드루 거리의 교차점에서 수니온곶 가는 직행버스를 탔다.

버스는 올리브나무가 끝없이 펼쳐진 해안도로를 따라 계속 달렸다. 눈이 시리게 아름답다고 생각하고 있는데 이곳이 수니온곶이라고 내려주고 버스는 되돌아갔다. 네 사람이 내렸다. 푸른 하늘에는 하얀 구름이, 요트와 돛단배가 한가하게 떠다니는 아름다운 곳이었다.

주민에게 물으니 이 길을 곧장 가면 포세이돈 신전이라고 했다. 우리는 따가운 햇볕을 받으며 해안도로를 걸었다. 푸른 바다가 끝없이 펼쳐진 길은 그야말로 환상이었다. 에메랄드 바다 물빛이 계속 이어져 가슴이 확 트였다. 노래가 절로 나왔다.

그러나 포세이돈 신전은 아무리 걸어도 보이지 않았다. S자로 굽은 해안도로는 한 굽이 돌면 또 한 굽이가 나올 뿐

앞이 보이지 않았다. 한참 걷다 보니 이렇게 무작정 걸어도 되는 걸까 싶었고, 되돌아갈까 망설였다. 그래도 포세이돈 신전이 곧 나올 것이란 기대를 가지고 계속 걸었다. 브라질 신혼부부는 지쳤는지 도로에 주저앉고 말았다.

희망이란 그런 것인가 보다. 앞일을 모르기 때문에 계속 걸을 수 있는 것. 만약 이렇게 위험한 길인 줄 알았다면 도보로 나설 용기를 내지 못했을 것이다. 그러나 이제는 멈출 수도 주저앉을 수도 되돌아갈 수도 없다. 앞으로 걸어야만 했다. 차들이 쌩쌩 달려 겁이 났지만 우리는 서로 의지하면서 길가에 바짝 붙어 위험한 해안도로를 걸었다. 한 시간은 족히 걸은 것 같았다.

후에 알고 보니 이 해안도로는 오나시스와 재클린이 드라이브를 했던 아폴로 코스트 도로로 세계에서 손꼽히는 아름다운 드라이브 코스였다. 우리는 이 길을 두 발로 걸으며 경치를 멋지게 즐겼다. 그러나 무척 힘들었다.

드디어 마을이 보였다. 동네 주민에게 물으니 길 건너편 버스정거장에서 오 분만 기다리면 버스가 온다고 했다. 길가 정류장에서 버스를 기다렸다. 경치는 아름다웠다. 끝이 보이지 않는 푸른 바닷물이 눈앞에서 찰박찰박 출렁거렸으니까.

여행이란 재촉하지도 서둘지도 말고 마음을 느긋하게 먹고 여유롭게 사는 법을 배우는 것이다. 바닷가 정거장의 뜨거운 철제의자에 앉아 마냥 버스를 기다렸다. 길가에 핀 노란 민들레가 그나마 위안이 되었다.

오 분만 기다리면 온다던 버스는 목을 빼고 기다려도 오지 않았다. 사십여 분쯤 기다렸을까, 버스가 왔다. 오십 분쯤 달리니 아티카 반도 끝부분이 보이고 그림 속의 포세이돈 신전이 보였다. 우리는 이곳을 얼마나 힘들게 왔던가. 쉽게 왔으면 소중한 줄 몰랐을 텐데, 더 귀하게 느껴졌다. 평생 잊지 못할 추억 하나 건진 셈이다.

언덕을 올라가다 빨간 양귀비꽃을 보았다. 꽃 빛깔은 태양의 강도와 주위 환경에 따라 다르다고 했던가. 양귀비꽃은 고혹적이었다. 포세이돈 신전의 아름다움을 더해 주려는 듯 선명한 색으로 유혹하였다.

아티카 반도 끝에 있는 절벽 위의 신전은 더없이 웅장했다. 주변의 풍광은 압도적이었다. 언덕 꼭대기에 올라 탁 트인 에게해를 내려다보며 그 장중함에 탄성이 절로 나왔다. 선원들은 아테네를 진입할 때마다 바다의 신 포세이돈

에게 노도와 풍랑을 잠재워 달라고 제사를 지냈으리라. 찬란한 영화를 누렸던 그리스 역사를 생각하며 망망대해를 바라보았다.

기원전 5세기경에 지었다는 포세이돈 신전은 34개 대리석 기둥 중 15개의 도리아식 기둥만 남아 있어 그 당시의 위용은 알 수 없지만, 하늘을 떠받치듯 쭉쭉 뻗은 흰 대리석 기둥은 푸른 바다와 어우러져 아름다웠다. 하지만 펠레폰네소스 전쟁과 마케도니아와의 전쟁을 겪은 아테네의 영광과 수난의 역사를 보여 주듯 아직도 유물들이 사방에 나뒹굴고 있었다.

포세이돈 신전을 사진에 담기 위해 각도를 잡았다. 각도를 달리할 때마다 새로운 모습으로 다가오는 풍광에 또 한 번 감탄했다. 잘 짜인 신전은 어느 장소, 어떤 형태로 구도를 잡아도 예술작품 그 자체였다.

우람한 원주를 따라 지중해의 푸른빛과 하늘의 푸른빛은 우주를 상통하는 또 하나의 세상. 한 마리 새가 되어 훨훨 날아가고 싶었다. 더 높이 더 멀리 푸른 하늘을 향해 비상하고 싶었다.

바다가 보이는 카페에서 오렌지주스를 마시며 탁 트인

바다를 만끽했다. 이곳의 일몰은 아름답기로 세계에서 손꼽히는 곳이다. 석양이 지면 바다는 포도주 황금빛으로 점점 물들다가 어둠이 깔리면 신전은 외롭게 홀로 남으리.

그래서 영국의 시인 바이런은 탄복하여 신전 오른쪽 기둥 가운데 아래에 시를 쓰고 BYLON이라고 새겨놓았던 것일까.

수니온의 대리석 절벽 위에 나를 올려놓아다오. 파도와 나 이외에는 아무것도 없어. 우리 서로의 속삭임이 서로 휩쓸려 가는 것을 들을 수 있는 그곳에. 거기서, 백조처럼, 노래하면서 죽게 해 다오.

쿠웨이트에서 만난 여인

텔레비전을 보고 있던 남편이 갑자기 부른다.

"바드르가 텔레비전에 나왔어~."

"아니, 바드르 교수요?"

이십오 년 전 남편과 함께 쿠웨이트를 거쳐 몇 나라를 여행한 적이 있었다. 중풍과 치매를 앓는 시어머님을 모시고 사는 아내가 고맙다며 남편이 계획한 여행이었다.

모처럼 집안일을 시누님께 맡기고 이십 일 동안 여러 나라를 돌아다녔다. 마치 신혼여행을 온 것 같았다. 그중 잊혀지지 않는 분이 있다. 쿠웨이트대학 바드르 박사의 어머니였다.

싱가포르에서 낭만적인 여행을 하고 에미레이트 항공

사 비행기를 탔다. 쿠웨이트 상공에서 아래를 내려다보니 삭막한 대지 위에 시커먼 원유가 까맣게 타오르고 있었다. 공항에는 뜨거운 태양에 시들해진 종려나무를 살리기 위해 큰 도랑을 파놓고 살수차로 물을 주는 모습이 보였다. 생명을 살리기 위한 간절한 몸부림이었다.

쿠웨이트 공항 입국장에서 문제가 생겼다. 우리 부부를 초청한 바드르 박사가 공항 안까지 들어와서야 입국할 수 있었다. 전통의상을 입은 바드르 박사는 한국에서 볼 때와 사뭇 달랐다. 양복을 입었을 때의 모습은 약간 큰 키에 다부진 몸, 가무잡잡한 피부에 큰 눈과 새까만 속눈썹이 인상적이었는데, 이곳에서 보니 영화에서 본 아라비안나이트 왕자 같았다. 원통형의 하얀 쏘웁에 구투라와 이깔을 쓴 의상은 품위가 느껴졌다. 역시 전통의상은 그 나라 사람들에게 가장 잘 어울리는 복장인가 보다. 우리나라 사람에게는 한복과 두루마기가 한옥과 조화를 이루어 아름답듯이.

바드르 박사의 안내로 호텔에서 여장을 푼 뒤 그의 어머니를 뵈러 갔다. 아랍 지역은 남녀가 유별하여 응접실 입구부터 달랐다. 남편은 남자 응접실로, 나는 여자 응접실로 안내되었다. 거실에서 검은색 잘라비야를 입은 바드르 박사의 어머니는 동방에서 온 이방인을 따뜻하게 맞이해 주었다. 그 따뜻함은 의례적인 인사가 아니라 진정으로 느껴지는 정겨움과 다정함이었다.

바드르 박사의 어머니는 오십 대 후반으로 자그마한 키에 까무잡잡한 피부가 마치 우리네 시골 아주머니를 연상시켰다. 반짝이는 큰 눈에 이가 다 빠지고 남은 앞니 세 개로 함박웃음을 짓는 모습이 잊혀지질 않는다.

우리는 시간 가는 줄 모르고 이야기를 나누었다. 나의 아랍어 실력은 인사말 정도이고 그나마 짧은 영어는 그분에게 아무 소용이 없어 우리는 손짓, 눈짓, 몸짓으로 의사소통을 하였다. 조금은 답답했지만 꼭 그런 것도 아니었다. 오히려 어설픈 어휘의 나열보다 동작과 표정으로 내용을 이해할 수 있었다. 간혹 자신도 모르게 말이 튀어나올 때도 있지만 소리의 크기와 억양과 손동작으로 무슨 말을 하려는지 알 수 있었다. 대화는 말로만 전달되는 것이 아니라 마음으로, 눈으로, 가슴으로 전달된다는 것을 느꼈다. 소주잔 크기의 유리잔에 끊임없이 따라주는 샤이를 마시며 이야기를 나누었다.

돌아올 시간이 되자 당신이 손수 털실로 짠 조그마한 손지갑을 나에게 꼭 쥐어 주었다. 얼떨결에 받아든 나는 호텔에 돌아와 지갑을 열어 보았다. 그 안에는 1디나르 동전에서 50디나르 지폐까지 골고루 들어 있었다. 세심한 정이 느껴졌다.

쿠웨이트에서 7일 동안 세 번 만나며 아이들 키우는 이야기, 집안 이야기, 전통생활 양식을 몸짓으로 소통하였다. 그분은 다정하게 내 손을 잡고 집안 구석구석을 구경시켜 주었다. 대개의 아랍 가정이 그렇듯이 대가족제도였다. 1층은 부모님이, 2층은 장남 부부가, 3층은 차남 부부가 사용하는데 부엌만은 한 군데에서 함께 쓰고 있었다. 대형 음식점에서나 볼 수 있는 큰 냉장고가 있고 필리핀, 인도네시아 가정부가 음식을 만들고 있었다. 특이한 점은 화장실에 뒤를 닦아 주는 목이 긴 주전자와 물 호스가 놓여 있어 여기가 중동임을 알게 해 주었다.

닭장에는 닭들이 꼬꼬댁하고, 강아지는 뜨거운 태양 아래 할일없이 돌아다니고, 어린이 자전거가 이리저리 굴러다니는 것을 보면 우리네 시골과 크게 다를 바 없었다.

바드르 박사 부인은 며칠 전에 출산하여 친정집에서

몸조리를 하고 있었다. 다음날 박사 부인을 만나기 위해 친정집으로 갔다. 인근 가게에서 축화분을 사들고 갔는데, 많은 여자 친척들이 맞이해 주었다. 친정집 침대에 누워 있던 부인도 반가워했다. 친정어머니는 현관에서 손님을 맞이하며 장미향 나는 향로를 가져와 훈김으로 몸에서 향내가 나도록 했고, 손수 집에서 만들었다는 고급 초콜릿 까나페를 은쟁반에 담아 내놓았다. 달콤한 초콜릿이 여행객의 피로를 풀어 주었다. 여자 친척들은 아바야를 벗고 편한 복장으로 이야기를 나누었다.

박사의 어머니와 나는 여동생이 운전하는 차를 타고 대형 마트에 갔다. 신기한 물건이 많았다. 어머니는 내 만류에도 불구하고 마치 친정어머니처럼 이것저것 전통적인 물건을 한아름 안겨 주었다.

마지막 날 바드르 박사의 두 여동생이 정성스럽게 음식을 차려주었다. 어머니와 여동생들과 방바닥에 음식을 펴놓고 둘러앉으니 야유회 온 기분이었다. 격의 없이 편안한 느낌이 든다고나 할까. 서로 재미있는 이야기를 나누었다. 나는 그들에게,

"아랍에는 일부사처제가 있다던데 사실이에요?"

하고 물었다.

"요즘은 별로 그렇지 않아요. 우리 오빠를 보세요. 12년 만에 아들을 낳은 언니와 오빠는 일부일처로 살고 있잖아요."

특수한 경우의 일부사처제 에피소드를 허심탄회하게 늘어놓아 한바탕 크게 웃었다. 헤어질 시간이 되자 바드르 박사 어머니는 큰 눈에 눈물을 껌벅이며 몇 번이고 나를 포옹해 주었다. 그동안 나도 정이 들어 발이 떨어지지 않았다. 자기 집에 찾아온 손님을 천사처럼 대접하라는 그들의 전통은 우리네 전통만큼이나 극진한 정성으로 따뜻하게 대해 주었다. 또한 그들의 인사는 상대방을 껴안고 양쪽 볼에 두 번 이상 입맞춤을 하여 더 끈끈했다. 따뜻하고 정이 넘치는 시간이었다.

오늘 밤은 높은 가을 하늘만큼이나 깨끗하고 소박한 바드르 박사의 어머니를 생각해 본다. 부디 건강하시기를….

* 쏘웁 : 남성들이 입는 하얀 원피스
* 구트라 : 중동 남자들이 머리에 두르는 정사각형 천
* 이깔 : 머리 덮개의 검은 머리끈
* 잘라비야 : 헐거운 긴 원피스형의 큰 가운 겉옷. 면으로 집안에서 편하게 입음
* 샤이 : 아랍 홍차
* 아바야 : 얼굴과 손발을 제외하고 온몸을 가리는 검은색 여성 외출복

4. 섬진강 연가

섬진강 연가

내 고향엔 섬진강이 있다. 은빛 물결 출렁이며 유유히 흐른다. 산수유, 매화, 복숭아꽃, 벚꽃이 흐드러지게 피는 섬진강변은 내 가슴에 흐르는 미리내요, 어머니의 젖줄이다.

섬진강은 유년 시절 우리들의 놀이터였다. 우리 집에서 밭이랑 사이로 이십 분 정도 걸으면 강가에 닿았다. 어린 시절에는 모래성을 쌓으며 어두워질 때까지 놀았다. 섬진강에서 고무신을 벗어 물을 한소끔 뜨면 물 반, 고기 반이었다. 물속이 환히 들여다보일 정도로 맑아서 은어, 쉬리, 줄종개, 버들치, 얼룩동사리가 많았다.

지리산이 꿈을 키워 주는 아버지라면 섬진강은 가슴으로 안아주는 어머니였다. 강물 옆 푸른 초장에는 누런 소가 한가롭게 풀을 뜯고, 넓은 백사장엔 아이들이 해맑게 뛰어놀았다. 강물은 빠르게 흘러갔다. 해질녘이 되면 다리 밑에는 하루 일을 끝낸 아저씨들이 몸을 담근 채 머리만 내놓고 멱을 감았다. 멀리서 보면 수박이 둥둥 떠다니는 것 같았다.

섬진강은 반질반질한 자갈과 은빛 모래로 유명하다. 여름방학이 되면 전교생이 강가에 널린 자갈을 주워 학교 정원을 꾸몄다. 초등학교 때는 주먹만 한 동글납작한 돌을, 중학교 때는 큼직한 돌을 머리에 이고 개미군단처럼 긴 행렬을 지어 날랐다. 동무들과 조잘거리며 나르던 돌들은 그때 나누었던 이야기를 지금도 기억하고 있을까.

열 살 때였던가. 엄마는 모래찜질을 하고 나는 멱을 감다가 그만 검정고무신 한 짝이 벗겨지고 말았다. 둥둥 떠가는 고무신을 잡으려고 안간힘을 쓰며 허우적거렸다. 그러나 고무신은 물살을 따라 빠르게 떠내려갔다. 다급한 마음에 자갈밭을 내달리며 외쳤다.

"고무신 떠내려가요! 건져 주세요!"

고무신은 강물 따라 멀리 흘러갔다. 지금은 어디에 가 있을까. 내가 세상이라는 바다에서 살아가는 것처럼 또 다른 바다에서 부유하고 있을 게다.

여름이 되면 우리 집에는 은어 할아버지가 오셨다. 강에서 잡은 싱싱한 은어를 파는 할아버지를 우리는 그렇게 불렀다. 참빗처럼 가지런한 이빨을 드러낸 은어를 어머니는 맛있게 요리해 주셨다. 큰 것은 굵은 소금을 솔솔 뿌려 숯불에 구워 주었고, 중간 것은 양파와 풋고추를 송송 썰어 고추장과 간장으로 자박하게 조린 은어조림을, 그리고 작은 것은 달걀흰자 거품에 녹말가루를 묻혀 튀김을 해 주셨다. 바삭하면서도 입에 감기는 그 맛을 지금도 잊을 수가 없다. 튀김을 앞에 놓고 온 가족이 이야기꽃을 피우곤 했다.

은어는 바다에서 살다가 오동꽃이 필 때 모천을 향해 험한 여정에 오른다. 급류를 타고 화살처럼 튀어 거슬러 오르는 승리의 화신들. 모천으로 회귀하여 산란한 뒤 서서히 생을 마감한다. 나이가 들면 본향을 그리워하는 우리네와 닮았다.

강은 떠나는 사람들의 이별의 장소요 만남의 장소다. 깊어가는 가을 밤, 읍내 쪽에서 '어~이' 하고 소리 높여 사공을 부르면 강 건너에서 '어~이' 대답과 함께 사공은

급히 노를 저어왔다. 어두운 밤에 사공을 부르는 소리는
마치 이승과 저승을 이어주는 영혼의 소리 같았다. 들릴
듯 말 듯한 바람 소리. 바람에 서걱대는 갈잎 소리.

봄부터 살얼음 어는 초겨울까지 사공은 노를 젓기도 하
고 때로는 양쪽 강가에 쇠줄을 매달아 줄을 잡고 건네주
었다. 물살은 매우 셌다. 장바구니를 든 아주머니, 닭을
보자기에 싼 할머니, 지게를 진 할아버지, 책가방을 멘 아
이들이 올라타면 쇠줄을 힘껏 잡아당겼다. 해질녘, 작은
배가 떠있는 섬진강은 한폭의 산수화였다.

강은 흐른다. 어제도 오늘도 흐르고 또 내일도 흐를 것
이다. 흐른다는 것은 사랑한다는 것. 추억도 사랑도 기억
도 나누며 흐른다. 강가에 서면 섬진강의 추억이 아련하
게 밀려온다. 가슴이 아리도록 그 시절이 그립다. 어머니
와 모래찜질을 하던 자리, 동무들과 텐트를 쳐놓고 모래
보라 일으키며 뛰고 넘어지며 뒹굴던 자리가 눈에 선하
다. 기억 속의 강물은 늘 따뜻하고 정겨웠다. 물장구치던
그리운 동무들, 지금 어디에 있을까?

아들이 주워 온 돌

우듬지에 걸린 봄 햇살이 따사롭다. 겨우내 움츠렸던 목
련이 수줍게 꽃망울을 머금고 있다. 올해는 이상기온으로
매화, 목련, 벚꽃이 한꺼번에 꽃망울을 터트려 천지간에
꽃이다. 눈 가고 발길 닿는 곳마다 꽃 잔치다.

몇 해 전 난데없이 운석 열풍으로 온 나라가 부산스러운
적이 있었다. 하기야 칠십 년 동안 잠잠하던 운석이 네 개
나 떨어졌으니 신드롬을 일으킬 만하다.

운석은 소행성이나 혜성이 달 또는 화성과 충돌했을 때
떨어져 나온 파편이다. 태양계의 우주 생성을 알 수 있을
뿐만 아니라, 약 45억 년 전 지구의 탄생 실마리를 찾을
수 있는 학술적 가치가 크다며 어마어마한 가격이 매겨진

다고 하니 하늘에서 떨어진 신 로또 당첨이라고나 할까.

시골 동네가 바빠졌다. 비닐하우스를 뚫고 떨어지는가 하면 콩밭에도 도랑가에도 떨어져 전국에서 찾아온 외지인들과 국제 운석 사냥꾼들이 야산과 논밭을 수색하고, 첨단장비와 사냥개가 동원되어 돌멩이 찾기에 열을 올렸다. 황금을 돌같이 보라고 했지만 돌이 황금보다 대접받는 세상이다.

우리 집에도 운석이 한 개 있다. 불에 그을린 듯 거칠게 긁힌 자국이 있고 생김새가 투박하여 그럴듯하다. 이 돌이 우리 집에 온 지 벌써 이십칠 년이나 되었다.

어느 해 추석 전날, 거실을 걸어가던 시어머님이 갑자기 그대로 주저앉아 자리보존하고 누우셨다. 음식은 물론 물 한 모금도 넘기지 못했다. 그 상태가 계속 지속되자 주위 어른들과 시아주버니는 기운이 쇠하여 힘들겠다며 마음의 준비를 해야겠다고 했다.

하지만 그럴 수는 없었다. 십 년을 모셔온 어머니인데 어떻게든 살려내야 한다는 생각뿐이었다. 동네 한의사에게 부탁하여 왕진을 간청했다. 한의사는 내 진심을 알았는지 한 달 동안 왕진을 와서 치료해 주었다. 하늘도 내 마음을 알았던 것일까. 침과 보약으로 정성을 다했더니 어머니는 점차 회복되셨다.

그러나 기력이 회복된 지 얼마 지나지 않아 치매와 중풍이 찾아왔다. 점점 초췌해지는 시어머니 모습이 안타까웠다. 어쩌다가 정신이 돌아오면 내 손을 잡고 미안하다며 눈물을 흘리셨다. 병든 어머니를 껴안았다. 당신의 의지로는 어찌할 수 없는 병이지 않는가. 치매는 한 인간을 처참하게 무너뜨렸다. 어머니의 속 깊은 심성도 인격도 앗아갔다. 힘겨운 나날이 계속되었다.

명예교사 수업을 마치고 돌아온 날, 옆집 아주머니가 할머니가 주셨다며 내 반지를 들고 왔다. 또 며칠 후 그 옆집 아주머니가 귀걸이를 들고 왔다.

"내가 유미 엄마를 잘 알지요. 할머니가 문을 두드리며 커피 한잔을 달라고 해 드렸더니 귀걸이를 가지고 오셨어요. 아무래도 유미 엄마 것 같아서 가지고 왔어요. 어떡해요, 힘들어서…."

걱정스런 표정으로 내 등을 쓰다듬어 주었다. 윗 서랍에 넣어 둔 몇 개 안 되는 패물을 동네 아주머니들에게 나눠 준 것이다. 한숨이 나왔다. 그러나 시누님이 도와주고 온

가족이 합심하여 아기처럼 변해 가는 어머니를 보살펴 드렸다. 벽에다 오물을 문지르는 어머니의 처절한 몸부림을 보면서 우리는 함께 아파했고 병은 우리의 효심을 끝까지 시험했다.

그렇게 고생하시던 시어머님이 목련꽃이 흐드러지게 핀 봄날, 먼 길을 떠나셨다. 잠깐 일이 있어 집을 비운 사이 우리 집에 조등이 켜진 것이다. 적막감이 맴돌았다. 집에 있던 유복자 남편은 열세 살 딸과 손수 염을 했다고 한다. 간간이 들려오는 울음소리. 울음을 참느라 토해 내는 신음소리는 듣는 이의 마음을 더욱 아프게 했다.

예전에는 아파트에서도 초상을 치를 수 있었다. 우리는 어머님 마지막 길을 우리 손으로 보내 드리기로 했다. 관리실에서는 복도 끝까지 불을 밝혀 주었고 조등은 우리 모두의 슬픔을 속으로 태우며 주야로 매달렸다. 어머니를 여읜 슬픔에 넋이 반쯤 나간 상태에서 조문객을 맞았다. 어머니의 체취가 묻은 방에서는 오랫동안 비릿한 냄새가 진동했다.

장례를 마친 후, 남편은 초등학생 아들 방에서 돌멩이 하나를 찾아 들고 나왔다. 흙이 잔뜩 묻어 있었다.

"이 돌 어디서 났니?"

"할머니 관을 덮을 때 산에서 주워 온 거예요."

아들은 허토의식 때 삽에 걸린 돌멩이가 예사롭게 느껴지지 않아 슬며시 가져왔다고 한다. 돌아오는 장의차 안에서 베고 며칠 동안 베개 속에 넣고 잔 것이다. 얼마나 할머니가 그리웠으면 그랬을까. 태어나면서부터 할머니와 한방을 썼던 아들은 누구보다도 할머니와의 이별을 슬퍼했다. 그렇지만 그 어린 마음속에 돌멩이처럼 딱딱하게 굳은 슬픔이 있는 줄 미처 몰랐다.

돌멩이는 젖어 있었다. 그 돌을 본 남편의 마음은 어떠했을까. 본인의 슬픔이 아들과 똑같은 것에 놀랐을까, 아니면 혹여 어머님의 눈물이 아직도 마르지 않았다고 느꼈을까. 할머니를 기억할 수만 있다면 무엇이라도 징표를 삼고 싶었던 아들의 마음에 우리 가족은 숙연해졌다.

"그래, 무엇과도 바꿀 수 없는 귀한 돌이구나."

나는 돌을 잘 씻어서 장식장에 보관해 두었다. 할머니가 생각날 때마다 꺼내 보기로 했다.

생각해 보면 이 돌은 우리 집의 운석이다. 하늘에서 떨어진 돌멩이, 어머니를 기억하게 해 주는 돌이다. 지금도 가끔 돌을 쳐다보며 나직이 여쭈어 본다.

"오늘도 안녕하시지요?"

'그래, 나 아직껏 여기, 네 아들 마음속에 고이 잠들어 있다.'

들리지 않는 대답이 가슴을 적신다. 돌멩이 속에는 마치 어머니의 영혼, 할머니의 영혼이 깃들어 있는 듯하다. 모든 물체는 눈에 보이는 것 말고도 여러 가지 의미를 담고 있다. 남에게는 보잘것없는 것, 무수한 사람들의 발길에 채여 하찮게 보이는 돌멩이일지라도 때와 장소에 따라 그 의미가 더할 수 없이 남다를 수 있다.

"어머니~."

오늘도 나는 돌을 쥐고 나직하게 불러본다. 무언가 말씀하실 것 같다. 묵언의 말씀. 그래서일까. 할머니가 아픈 것을 보고 자란 아들은 성장하여 한의사가 되었다. 어르신들의 아픈 곳을 어루만지며 진료하는 손주의 모습을 보고 제 할머니는 '아고, 이쁜 내 새끼!' 하며 흐뭇해하실까.

모과木瓜

　늦가을이다. 은행잎이 떨어지는 길을 걷다가 과일가게 앞에 섰다. 코끝에 스치는 모과 향. 장미향처럼 화려하지도 재스민 향처럼 은은하지는 않지만 모과만이 가지고 있는 그윽함이 있다. 이런 향기에 나는 그의 포로가 되고 만다.

　지리산 기슭 내 고향에는 큰 모과나무가 몇 그루 있다. 그중 한 그루는 신작로 사거리 경찰서 앞에 있다. 마치 파수꾼 같다. 나는 늘 그 모과나무를 보며 자랐다. 지금도 고향에 가면 그 나무부터 찾곤 한다.

　모과나무는 장미과에 속하는 낙엽활엽 교목이다. 사월에 피는 연분홍 꽃을 보면 수줍은 아가씨 같다. 그 예쁜 꽃자리에 선머슴 같은 모과가 열리다니 신기한 일이다.

모과나무는 다산의 나무다. 늦가을 서리가 내리도록 주렁주렁 열매를 매달고 추위와 바람을 이겨 내며 끝까지 버티는 지극한 모성애의 나무요 의지의 화신이다.

모과나무만큼 자기 열매에 대한 애착이 강한 나무도 드물 것이다. 여느 나무와 달리 가지를 잡고 비틀어야 열매를 딸 수 있다. 마치 어미가 장성한 자식의 손을 움켜쥐고 놓지 않으려는 것 같다. 언제까지 어미의 품안에 두고자 함인가. 때가 되면 자식을 놓아 주어야 하는데 말이다.

모과나무는 해마다 허물을 벗는다. 뱀이 허물을 벗듯 스스로 껍질을 벗는다. 새 모습으로 거듭나고자 하는 탈바꿈이다. 끊임없이 자신을 갈고 닦는 수련자의 고행, 갈색과 청동색 무늬를 그리며 매끈한 몸매를 자랑한다.

오래된 모과나무는 기묘하다 못해 배배 꼬였다. 단산의 고통이 힘겨워서였을까. 어렸을 적엔 험상궂은 나무 형상이 무서워 도망가곤 했다. 그래서 성격이 뒤틀리고 순순하지 못한 사람을 일러 '모과심사'라고 했나 보다.

하지만 무서운 겉모습과는 달리 목질은 연하면서도 단단하고 광택이 있어 고급가구로 쓰인다. 〈흥부전〉의 화초장도 모과나무로 만들었다고 하지 않는가. 천년을 살 수 있다는 모과나무는 보면 볼수록, 알면 알수록 매력 있는 나무다.

청명한 가을날, 하늘에 있는 모과를 보라. 마치 노란 참외들이 여기저기 하늘에 둥실 떠 있는 것 같지 않은가. 잎이 다 떨어진 달 밝은 밤, 달과 별과 밀담을 나누는 모습이 정겹다.

모과는 제멋대로 생겼다. 흠집이 많고 상처투성이라 어떻게 보면 싸움패 같다. 게다가 속이 어찌나 단단한지 맨손으로 어찌해 볼 수도 없다. 더군다나 한입 깨물면 모래알을 씹은 것처럼 까끌까끌하고 시고 떫어 과일전 망신은 모과가 시킨다는 핀잔을 듣는다.

그래서 샛노란 레몬이 세련된 도시 여성이라면 노르끄레한 모과는 수수한 농촌여성이라 할 수 있고, 과즙이 많은 레몬이 상큼한 사교형이라면, 단단한 모과는 무뚝뚝한 과묵형이라고 할 수 있지 않을까.

나에게 모과 향기는 물안개처럼 아련한 그리움으로 피어난다. 코끝으로 맡는 향기가 아니라 가슴으로 맡는 향기요 이미지로 그리는 향기다. 하지만 모과 향은 무겁고 둔중하다. 그에 비해 레몬 향은 가볍고 상큼하여 금세 날아갈 듯하다. 레몬 향이 감각적인 이십 대 소녀의 향이라면 모과 향은 농익은 사오십 대 여인의 향이라고나 할까.

모과는 가을 화폭의 주인공으로 인기가 높다. 누르스름한 빛깔은 추수하기 전 벼의 색상과 비슷하고, 덜 익었을 때의 푸른 빛깔은 서정적인 그리운 색이다. 샛노랗게 진하지도, 흐릿하게 묽지도 않은, 따뜻하면서도 정감어린 색상이다. 겉껍질은 노랑색, 벗기면 미색, 씨앗은 짙은 밤색으로 가을색의 조화를 이룬다. 가을에서 겨울로 접어드는 계절에 이보다 더 잘 어울리는 색상이 있을까.

모과는 한약재로 감기 예방은 물론 토사곽란과 성대, 관장 보호로 쓰임이 많은 열매다. 보이지 않는 차의 뒷자리에서 겸손하게 은은한 향기를 내뿜는 모과는 몸이 말라 까뭇해지고 모양이 아스러질 때까지 향기를 잃지 않는 사랑과 헌신의 열매다. 겉모습이 아닌 내면에서 우러나오는 겸손과 겸양의 깊은 향기로 진정한 아름다움이 무엇인지 몸으로 말해 준다.

유리단지 속에 켜켜이 재워 둔 과육을 꺼내 모과차를 끓인다. 집안 곳곳에 모과 향이 가득하다. 입안에 촉촉이 적셔드는 이 오묘하고도 깊은 맛, 혀끝에 착 감기면서 입안

가득 사르르 머무는 감칠맛이 좋다. 모과 향기가 서서히 내 몸에 배어드는 것 같다. 그럴 때면 나는 모과의 향에 취하고 맛에 취하고 빛깔에 취한다.

오묘한 자연의 섭리가 한 알의 모과에 담겨 있다.

제자의 성장통

　한태숙 연출의 〈서안화차〉 연극을 관람했다. 집착과 소
유의 늪에 빠진 현대인의 모습을 진시황 지하궁전에 생매
장된 인부들과 노예들의 감정에 연결시켜 투영한 수작이
었다. 특히 동성애에 빠진 주인공이 사랑을 토로하며 외
로움을 절규할 때 가슴이 먹먹했다. '나만의 너'를 소유하
기 위해 토용 속에 상대방을 산 채로 가둘 때는 소스라치
게 놀랐다. 나에게도 비슷한 일이 있었기 때문이다.

　초년 교사 시절의 일이었다. 새순이 피어나는 학년 초에
'선생님을 존경하는 제자 올림'이라고 쓴 낯선 편지 한
통을 받았다. 발신인이 없어 궁금했지만 언젠가는 알 수
있겠지 하고 별생각 없이 넘겼다.

스승의 날 아침에 한 여학생이 카네이션 꽃다발을 한아름 들고 찾아왔다.

"저는 몇 년 전부터 선생님을 존경해 왔습니다."

작은 키에 눈썹이 짙은 여학생은 발그레한 얼굴로 몇 마디 하고는 수줍게 달아나는 것이었다. 작년 학년말 고사 때 백점을 받아 칭찬해 준 적은 있지만 아이의 말에 적잖이 당황스러웠다. 더구나 선생님을 향해 썼다는 대학노트 열 권의 시집과 스크랩 자료를 받고 걱정이 앞섰다. 하지만 여고 시절은 가랑잎이 굴러가도 웃음이 나고 파란 하늘을 보고도 눈물짓는 감성적인 시기가 아닌가. 그저 지나가는 바람이려니 했다.

그 시절의 여학생들은 순수했다. 좋아하는 선생님 책상 위에 아무도 모르게 아침마다 꽃을 꽂아 놓기도 하고, 분필을 모두 종이로 감아 무명실로 싸 두곤 했다.

그런데 이상한 소문이 들렸다. 선생님 옆에 다른 학생들이 가까이 가지 못하도록 그 아이가 방해를 한다는 것이었다. 얌전한 학생이라 믿어지지 않는데 언젠가부터 내 분필통이 줄어드는 게 그 이유였지 싶었다. 게다가 방과 후 건물 뒤쪽에서 그 아이의 스커트 자락이 언뜻언뜻 보이곤 했다. 매일 늦게까지 나를 지켜보는 것 같았다.

그 학교는 중·고 여학생 3천여 명이 다니는 큰 학교였다. 교사는 거의 남선생이고 여선생은 손꼽을 정도였다. 그래서인지 여교사의 역할이 많았다.

내가 일직 근무를 하고 있는 날 오후였다. 그 아이는 벌겋게 충혈된 눈으로 찾아와 호소하듯 말했다.

"눈을 떠도 눈을 감아도 선생님이 머릿속에서 한시도 떠나지 않아요. 선생님, 저 어쩌면 좋아요?"

예삿일이 아니었다. 아이는 며칠째 잠을 이루지 못한 듯했다. 자기 이상형의 틀 속에 선생인 나를 넣어 두고 꿈을 꾸고 있는 것 같았다. 몇 시간 동안 이야기를 나누며 달래 보았지만 소용이 없었다.

일요일 특활반 야외 수업시간에는 느닷없이 찾아와 팔에 매달리며 슬그머니 안기니 부담스러웠다. 얼마나 마음이 허전하고 사랑이 그리우면 그러랴 싶지만 나로서는 어쩔 수가 없었다.

그렇게 해가 바뀌고 2월이 되었다. 졸업식 날이었다. 식을 마치자 그 아이는 내 팔에 매달리며 "선생님 보고 싶어서 어떡하지요?" 하고는 떠났다. 그러나 졸업 후에도 어디

선가 지켜보는 시선이 있음을 느꼈다. 퇴근이 늦은 어느 날, 버스에 올라타자마자 한 숙녀가 허겁지겁 버스에 타는 것이었다. 그 아이였다. 가슴이 철렁 내려앉았다. 설마 취업까지 포기한 것은 아니겠지, 애써 머릿속에서 지우려 했다.

한 학기가 지날 무렵 열 장이나 되는 장문의 편지가 날아왔다.

'저는 선생님의 사랑을 원합니다. 지상에서 이루지 못할 사랑이라면 이승이 아닌 저승에서 선생님의 사랑을 갖겠습니다. 선생님 집 앞 골목길에서 기다리겠습니다. 이 세상 최후를 맞을 준비를 하십시오.'

너무 놀라서 말이 나오지 않았다. 어쩔 수 없이 교감선생님께 말씀드렸으나 혼자 다니지 말라는 말씀 외에는 달리 대책을 내놓지 못했다. 가족들이 버스정류장까지 한 달 동안 마중을 나와야 했다.

그러는 중에 나는 결혼을 하게 되었다. 한 달쯤 지난 어느 날 아이를 집으로 초대했다. 아이는 적이 놀라는 눈치였다. 현관에서 머뭇거리는 아이를 반갑게 맞았다. 그리고는 쑥스럽지만 이 방 저 방을 열어 보이며 나의 신혼 모습을 보여 주자 말없이 둘러보던 아이는 "선생님, 많이 행복하신가 봐요" 하고 떨리는 목소리로 말했다.

식탁으로 자리를 옮겼다. 아이는 정성스럽게 차린 음식을 맛있게 먹었다. 그러고는 이성간의 사랑, 아이의 꿈과 진로에 대해 많은 이야기를 나누었다. 그때 아이는 이렇게 말했다.

"선생님을 사랑할 수 있어서 행복했어요. 상상의 날개를 펴면서 그리움으로 밤을 하얗게 샐 수 있었고, 그 감정을 시에 녹여 낼 수 있었으니까요."

그 지독한 열병이 힘들었다는 것인지, 도움이 되었다는 것인지 알 수 없는 미소를 지었다.

그 후 신기하게도 아이가 변했다. 숨어서 지켜보는 것도, 그림자처럼 따라다니던 행동도 사라진 것이다. 몇 달 후에는 취업하여 잘 다니고 있다는 소식이 들려왔다. 그때서야 비로소 마음이 놓였다.

그런데 토용 속에 산 사람을 통째로 집어넣는 연극을 보면서 잊은 줄 알았던 오래된 무형의 행동들이 흡사 산화된 곤충의 잔해를 모아 원형을 짜맞추듯 희미한 의식 속에서 살아났다.

여고 시절은 이성에게 관심을 갖는 시기다. 하지만 어색하고 쑥스러워 이성이 아닌 동성에게 자기 감정을 표현하기도 한다. 60, 70년대 S언니, S동생이 유행했던 것도 그런 이유이지 않았을까. 가슴속 사랑과 그리움을 동성을 향해 쏟아내는 것 말이다.

아이는 사춘기를 겪으면서 무척 외로웠나 보다. 이성에 눈뜨면서 선생님을 좋아했으나 자기가 원한 만큼 사랑이 충족되지 않자 집착하게 되고 급기야 소유하려고 했던 것이다. 불우한 가정에서 외딸로 자란 아이는 심리적인 우울증과 불안 증세를 겪고 있었던 것이다.

교정의 오래된 플라타너스는 새하얀 칼라에 두 갈래 머리를 곱게 땋은 여고생의 전설 같은 성장통을 기억하고 있을까. 강산이 몇 번이나 바뀌었지만 성장기의 아픈 기억이 인생의 디딤돌이 되었으면 싶다. 코스모스 흩날리는 길을 걸으며 희끗희끗 중년 여인이 되었을 그 아이의 뒷모습을 생각한다. 그때 더 따뜻하게 보듬어 주었더라면 그토록 애달파하지는 않았을 텐데, 잘 살펴주지 못한 미안한 마음이 숙제처럼 남아 있다.

화성에서 온 편지

연애를 한 번도 못해 본 여자가 있었다. 장거리 버스에
자리가 비어도 남학생 옆 자리는 부끄러워 앉지 못하고,
대학에 다닐 때도 남자와 손 한 번 잡아본 적 없는 숙맥이
었다. 오죽 못났으면 연애 한번 못해 봤을까. 미인도 아니
고 애교도 없는데다가 까다롭기까지 하니 남자를 만나기
는 영 글렀지 싶었다.

그 무렵 한 통의 편지가 날아왔다. 생면부지의 남자에게
서 온 것이다. 비행기 소인이 찍혀 화성에서 날아온 듯했
다. 글씨체는 그 사람의 인품이 담겨 있다고 했던가. 그녀
의 마음에 드는 필체였다. 편지 속에는 사각모를 쓴 낯선
남자의 사진이 들어 있었다. 눈 끝이 약간 올라가 예리해

보였으나 곱상하면서도 선한 인상이었다.

'고국의 가을 하늘을 바라보며 잠시 향수를 달래 봅니다. 유학 생활 삼 년째, 백여 개 국가에서 모여든 유학생들과 경쟁하며 바쁘게 지내고 있는 요즈음 우리 글로 대화를 나눌 상대가 생겨 무척 기쁩니다.'

화성에서 날아온 편지는 가슴을 두근거리게 했다. 얼굴 한 번 본 적 없고 목소리도 들어본 적 없지만 그녀는 아무것도 묻지 않았다. 그저 그곳의 기후와 환경과 풍습에 대해 이야기를 나누었다. 고향이 같아 자연에 대한 추억을 나누는 것만으로도 지면이 부족했다.

그 시절에는 항공봉투 끝줄까지 빽빽하게 썼다. 행간의 여백까지 읽으며 상대방의 마음을 알고자 했다. 우편 사정이 좋지 않아 한 달 만에 받아보았지만 어느새 사랑하는 C씨가 되어 설레는 마음을 주고받았다.

처음으로 전신 사진을 주고받았다. 여자는 고향집 정원에서 찍은 사진을 보냈고, 남자는 풀 한 포기 없는 높은 산 중턱에 선글라스를 끼고 앉아 텁수룩한 수염과 장발이 휘날리는 사진을 보내왔다. 여자의 언니와 여동생은 원시인 같다고 놀려댔지만 그녀의 눈에는 순수하게 보였다.

화성인은 네 번째 출간한 책이라면서 녹음테이프와 책을 보내왔다. 처음으로 화성인의 목소리를 들었다. 청각은 감각적이고 예민하다고 했던가. 어색한 발음이 외국인처럼 몇 군데 들렸으나 편안한 음성이었다. 한 달 후, 다섯 번째 책을 번역 중인데 도와줄 수 있느냐며 영어 원서 뒷부분을 보내왔다. 아, 화성인이 지구인을 테스트하는구나 싶었다.

　함께 근무하는 영어 교사의 도움을 받아 번역본을 보냈다. 얼마 지나지 않아 고맙다며 선물을 보내왔다. 화성인이 보낸 첫 선물은 목걸이였다. 가슴이 떨렸다. 그녀도 감사의 선물로 편지를 녹음해서 보냈고, 어림짐작 사이즈로 시원한 남방셔츠를 선물했다. 그렇게 주고받은 편지에 사랑은 무르익어 갔다.

　그 후 얼마 지나지 않아 글자가 밖으로 튀어나올 것 같은 편지를 받았다. 여름방학 때 결혼식을 올리고 싶은데 허락해 주겠느냐는 프로포즈였다. 결혼식을 하고 화성으로 가려면 수속절차상 시간이 걸리니 미리 혼인신고를 해야 한다며 양해와 동의를 구했다. 부모님께는 서신으로 내용을 올리겠다고 했다.

이런 파격적인 프로포즈가 어디 있나. 얼굴 한 번 보지 않고 밥 한 번 먹지 않았는데 혼인신고를 하다니. 생각만 해도 가슴이 벌렁대었다. 밤새 심장이 두근거려 잠이 오지 않았다. 그런데 새벽녘이 되자 희한하게 마음이 움직이기 시작했다. 그동안 나눈 편지에서 진실성을 보았기에 화성인의 진심을 믿기로 한 것이다.

그러나 그녀의 부모는 허락해 주지 않았다. 아무리 가까운 친척이 소개했어도 사람을 본 후에 신중하게 결정하라고 했다. 그녀는 이미 화성인에게 마음을 빼앗겼고 서로의 진정성을 확인했는데 말이다.

그녀는 부모님을 설득하기로 했다. 화성인이 지구에서 다녔다는 대학교에서 졸업증명서와 4년 간 성적증명서를 떼고 주임교수를 만나러 갔다. 어디서 그런 용기가 났는지 그녀도 모를 일이었다. 다만 이 사람을 놓치고 싶지 않다는 마음이 컸던 것 같다. 주임교수는 출장 중이었고 조교가 자리를 지키고 있었다. 다행히 화성인이 지구에서 조교를 했기에 친절하게 대답해 주었다. 그녀는 탐정가 셜록 홈즈가 되어 상세히 질문했다. 화성인은 성실하고 학구적인 사람이라는 증거를 확보했다.

그래도 부모님은 요지부동이었다. 인륜지대사는 심사숙고해야 한다는 것이다. 그녀는 화성인에게 편지를 보냈다. 마음의 상처를 입었는지 답신이 오지 않았다. 혼기가 넘은 그녀에게 맞선보자는 곳이 많았지만 그녀는 화성인만 기다렸다. 석 달이 지나자 답신이 왔다. 그동안 사막 횡단 여행을 했다면서 부모님께 잘 말씀해 달라는 내용이었다.

마침 그녀의 아버지는 그곳으로 출장을 가게 된 이모부에게 화성인을 만나보라고 했다. 이모부는 두 번을 만나본 후 학구적인 청년이라고 회신을 보내왔다. 둘의 사이는 더 가까워졌다. 남자는 그동안 강의료를 모았다며 전세 얻을 자금을 지구에 보내왔다.

드디어 여름방학이 되었다. 화성인은 비행기를 타고 날아왔다. 그녀는 살랑거리는 오렌지색 실크 옷을 입고 약속 장소에 나갔다. 저기 멀리, 커다란 여행 가방과 한아름의 책을 든 남자가 서 있었다. 가까이 다가가 인사를 건넸다.

"안녕하세요?"

화성인과의 첫 만남. 어색하고 서먹할 만한데 이상하게도 낯설지가 않았다. 오랜만에 만난 친구 같았다. 편안했다. 참으로 신기한 일이었다. 이야기가 길어지자 호텔로 가야겠다며 가까운 명동으로 갔다. 그런데 그녀는 스스럼 없이 화성인을 따라 객실로 들어갔다. 어디서 그런 믿음 이 생긴 걸까. 여자는 겁도 없었나 보다.

화성인은 의자에 앉자마자 이제 얼굴을 보았으니 결정 해 달라며 어떤 결과든 따르겠다고 했다. 마음의 준비를 단단히 한 모양이었다. 그녀는 이미 결정했다고 했다. 그 러자 화성인은 여행 가방에서 무언가를 뒤적거리더니 그 녀의 팔뚝에 시계를 채워 주었다. 예물시계였다.

밤이 늦어 그녀가 일어서자 화성인이 다가왔다. 불타는 눈빛으로 쳐다보더니 볼에 입을 맞추는 것이었다. 어찌나 뜨거운지 불에 덴 듯했다. 순진한 그녀는 손으로 얼굴을 감싸쥐고 급하게 뛰어나왔다. 그것이 남자와의 첫 스킨십 이었다. 볼에 구멍이 난 것 같았다. 돌아오는 택시에서 볼 을 자꾸 만져 보았다.

다음날 고향에 계신 아버지를 뵈러 갔다. 아버지의 첫 말씀,

"어쩜 둘이 이리도 닮았니?"

이것이 인연이라는 걸까. 양가 부모님의 허락을 받은 후

그녀는 결혼 준비를 했다. 방학식 준비로 바쁜 그녀를 위해 친정 식구들은 발에 모터를 단 듯 정신없이 뛰어다녔다. 드디어 많은 하객들의 축복 속에 예식을 올렸다.

열흘 만에 올린 결혼식, 그녀는 하늘궁전으로 들어간 듯 행복해했다. 웨딩마치가 푸른 하늘에 울려 퍼졌다.

육아일기장

　며칠 전 며느리가 출산을 했다. 그러잖아도 예쁜 며느리가 손녀에 이어 손자를 낳은 것이다. 한 생명이 태어나기까지 얼마나 힘들었을까. 출산의 고통을 힘겹게 이겨 낸 며느리의 손을 꼬옥 잡아 주었다. 어머니는 위대하지 싶다.

　손주는 할아버지 할머니 사랑이라더니 여간 똘망하고 귀여운 것이 아니다. 가족 단톡방에는 연일 웃음꽃이 피었다. 나는 카톡방에 아기 아빠의 출생 사진도 올렸다. 두 세대의 아기 사진을 비교해 보면서 어쩌면 이리도 닮았을까, 신기했다.

　14년 동안 쓴 몇 권의 두툼한 육아일기장은 언제 보아도 나를 빠져들게 한다. 오래전 일이지만 읽다 보면 어제

일처럼 생생하다. 습관처럼 펴드는 곳은 아이들의 탄생 순간이다.

아기는 주먹을 불끈 쥐고 눈을 꼭 감고 있다. 저도 산도를 통과하느라 있는 힘을 다 썼을 것이다. 그래서인지 아기 피부는 아직 윤기가 없다. 사진에는 없지만 아기를 바라보고 있는 내 부스스한 모습도 보인다. 사진처럼 아기를 볼 수 있기까지 나는 진통이 올 때마다 부지런히 복식호흡을 했다. 아무도 없는 분만실에 혼자 누워 고통을 견디면서 진통이 멈출 때마다 마음속으로 주문을 외듯 간절히 기도했다. '건강한 아기를 낳게 해 주소서.' '순산하게 해 주소서.' 성난 파도처럼 진통이 거세게 밀려올 때마다 이 아픔을 견뎌 내야 값진 상급이 주어진다고 생각하며 온몸으로 이겨 냈다.

그리고 찾아온 평화와 평안. 사진 밑에는 아기 발과 엄마 팔에 매어 있던 발찌와 팔찌가 있다. 그런 일은 일어나지 않겠지만 혹 아기가 바뀔까 봐 태어나면서 매어 준 모녀지간의 확인표다. 이 확인표가 아니면 아기와 내가 한 몸이었던 것을 누가 증명해 줄까. 아기와 나는 그렇게 각자의 몸을 가진 온전한 2인이 되었다.

아기는 건강했고 순산이었다.

"딸이에요. 5시 44분 체중 3,050g 신장 51cm입니다."

엄청나게 불렀던 배만큼이나 튼실한 아기였다. 환희를 느꼈다.

"감사합니다. 고맙습니다."

나는 누구에게인지 모를 인사를 연신 건넸다.

아들도 마찬가지였다.

"3,400g 3시 23분 튼튼한 아들입니다."

그때는 성별을 미리 가르쳐 주지 않는 때여서 아들이라는 소식에 더 기뻐하며 내 얼굴은 눈물로 뒤범벅되었다.

"아주머니, 참 훌륭하십니다. 아주머니처럼 참을성이 많은 사람만 있으면 저희가 수월하겠어요."

그런 말을 들으려고 참은 건 아니었지만 참길 잘했다는 생각이 든 건 무사히 지나갔기 때문일 게다. 나는 아들을 낳고 이틀 동안 잠이 오지 않았다. 아니 눈이 감겨지지 않았다. 세상을 얻은 것처럼 너무 기뻤다.

딸의 사진은 볼 때마다 재미있는 것이 있다. 배는 볼록한데 두 눈을 꼭 감고 고개를 옆으로 돌려 왼손 엄지손가락을 빨고 있다. 힘이 들어서였을까, 심리적으로 불안했던 것일까. 아니면 태어나면서부터 먹성이 좋았던 걸일까. 아기들의 본능이겠지만 무의식 상태에서 손가락을 빠는 것이 신기했다. 하기야 젖 먹는 법을 가르쳐 주지 않아도 엄마 젖을 쭉쭉 빠는 힘을 보면 놀랍지만 말이다.

딸은 신생아 때부터 식성이 좋았다. 그래서인지 고등학생 때까지 통통했다. 대학생이 되면서 자제력이 생겨서인지 그때부터 날씬했다.

예정일보다 보름 늦게 태어난 딸 사진은 두 다리를 쭉 뻗고 있다. 만족한다는 표시일 것이다. 그래서인지 딸은 태생적으로 긍정적인 성격이다. 늘 웃음을 담고 있어 '미소유미'라는 별명을 얻었다.

그에 반해 17개월 후에 태어난 아들은 개구리 자세다. 두 눈을 꼭 감고 주먹을 불끈 쥔 채 두 팔과 두 다리를 웅크리고 있다. 살짝 웃음을 머금었지만 곧 튀어오를 자세다. 자못 진취적이다. 그래서인지 안정적인 직업을 가지고 있으면서 더 발전하기 위해 늘 새로운 것을 기획하며 실행에 옮기느라 바쁘다. 그 모습이 믿음직스럽다.

신생아는 무엇 하나 걸치지 않았다. 다만 두 주먹을 불끈 쥐고 있다. 소유하기 위해 세상에 왔다는 것이다.

배꼽 매듭. 엄마를 통해 생명줄을 연결하던 아기는 탯줄을 끊고 스스로 살아가야 한다. 모선을 떠나 우주를 떠도는 행성처럼 말이다. 아기는 이제 누구의 소유가 아니라 하나의 독립된 개체로서 자유로운 생명이다.

생명의 탄생은 실로 신비하고 경이롭다. 아기는 귀가 열리고 눈을 뜨고 유치가 나고 기어다니고 걷고 하는 동작과 몸짓은 처음으로 시도하는 경험들이다. 하루하루 새로움의 연속이었다. 하얀 피부에 반짝이는 눈, 윤기 있는 머리카락, 더없이 보드라운 살결을 보면서 한번 지나가 버린 자료는 다시는 수집할 수 없기에 육아일기를 써야겠다고 생각했다. 마치 우리 아기에게만 일어난 일인 양 조그마한 표정 하나 동작 하나에도 아빠와 엄마는 박수치고 흥분하고 감동했다.

입으로 대포 소리, 탱크 굴러가는 소리, 새소리 내는 것도 녹음해 두고 노래하는 것도 동화하는 것도 웅변하는 것도 녹음해 두었다. 4개월 되던 날 뒤집기를 할 때는 세상이 뒤집히는 것처럼 좋아했고, 잇몸이 근지러워 할머니처럼 오물오물하면 나도 흉내를 내는 원숭이가 되었다. 5개월이 안 되어 유치가 나고 그 이를 뺐을 때는 '석류 같은

이'라고 메모해서 붙여 두었다. 엄마에게는 그것도 보물이었다. 9개월 3일 만에 첫발을 뗐을 때는 닐 암스트롱이 달나라에 첫발을 디딘 것처럼 흥분했다.

육아일기장에는 엄마 아빠에게 처음으로 쓴 글씨와 그림, 산타할아버지가 보낸 편지, 또 역사적인 사실도 기록되어 있다. 통행금지 해제되던 날, 교복·두발 자유화, 노태우 대통령과 고르바쵸프 대통령이 미국에서 최초로 정상회담을 갖는 얘기도 쓰여 있으니 무엇 하나 놓치고 싶지 않았던 게다.

두 아이를 키우는 것이 만만치 않음을 보여 주는 사진이 있다. 엄마는 퉁퉁 불은 젖가슴을 내놓고 아들에게 젖을 먹이면서 오른팔로 아기 머리를 받히고, 왼손은 변기에 앉아 응가하는 딸에게 우유를 먹이고 있는 사진이다. 두 아이를 키우면서 시어머니를 봉양하며 바쁘게 살았던 시절. 남편은 이 사진이 백만 불짜리 경매사진이라고 말한다.

아이들의 육아일기장은 본인이 기억하지 못하는 시간의 확실하고 자세한 기록이며 동시에 내 삶의 기록이기도 하다. 그것은 몸의 물리적인 분리에서부터 온전한 성인이 되기까지 그 기반이 어떤 과정을 거쳐 단단하게 다져지는

지를 생생하게 보여 주는 증거다.

이제 딸과 아들이 예전의 나처럼 두 아이의 엄마 아빠가 되었다. 언제부턴가 아들은 항상 바쁘게 활동하는 엄마 등 뒤에서, "엄마, 천천히, 천천히"를 외친다.

이렇듯 내가 아들의 보호를 받는 나이가 되었어도 육아 일기장은 여전히 나를 어린 아이들의 젊은 엄마로 데려다 준다. 육아일기장은 늙지 않는다.

가래떡, 썰다

　나는 서울에 살면서 가끔 가래떡을 뽑는다. 고향이 그리워지면 시도 때도 없이 떡쌀을 담가 방앗간에 다녀온다. 가래떡은 소박하고 담백하며 어머니의 숨결처럼 부드럽다. 그래서 따끈한 떡을 보면 마음까지 따뜻해져 지인들에게 퀵서비스로 한아름씩 배달하기도 한다.

　어린 시절, 어머니 심부름으로 방앗간에서 떡쌀 함지를 지키며 가래떡 순서를 기다리는 것이 내 일이었다. 먼 곳에 사는 할머니, 아주머니들은 똬리를 틀어 떡쌀을 이고 오고 할아버지들은 지게에 짊어지고 왔다. 방앗간에는 떡살 담은 다양한 그릇들이 장에 가신 엄마를 기다리듯 길게 순서를 기다렸다. 지금 생각해도 마음이 따스해지는 정겨운 모습이다.

명절날의 잔치는 수증기가 가득한 방앗간에서 시작된다. 조그마한 기계 두 구멍에서 하얀 가래떡이 줄줄 흘러나오는 것을 보면 마치 수도꼭지를 틀어놓은 것 같았다. 신기했다. 방앗간 주인은 숙련된 솜씨로 뭉툭한 꽁지를 잘라주곤 했는데, 어찌나 쫀득쫀득 맛있던지.

가래떡은 여성적이다. 한아름에 안길 듯 유연하며 백옥같이 쭉 뻗었다. 매끈하고 말랑말랑하여 자꾸 만지고 싶은 충동이 인다. 어디 그뿐이랴. 숯불에 구우면 가무잡잡하게 그을리면서 툭 터지는 속살은 또 얼마나 여릿한지 낭창하게 퍼지는 느낌이 퍽 관능적이다. 거기에다 숯불에 구운 가래떡을 조청에 찍어 먹는 맛을 어디에 비기랴.

가래떡은 둥글어 모난 데가 없다. 게다가 사교적이고 친화적이어서 볶고 굽고 조리고 튀기기에 부담이 없다. 김치찌개, 갈비찜은 물론이고 서양식 치즈하고도 잘 어울리니 이처럼 동서양을 잘 아우르는 조화로운 떡이 또 있을까 싶다.

가래떡은 길어서 혼자 먹기에는 부담스럽다. 아마도 우리 선조들은 이웃과 더불어 정을 나누라고 새해 음식으로 정했나 보다. 긴 가래떡에서 무병장수를 빌고, 동전 모양에서 재복이 풍족하기를 기원하며, 흰색에서 밝고 희망찬 새날을 염원했으니 말이다. 새해 첫날 친척 어른들께 세배를 드리면 "떡국을 몇 사발이냐 먹었느냐?" 하며 나이를 묻곤 하셨다. 이것이 새해를 맞이하는 의식이었다.

나는 집에서 가래떡을 썬다. 가래떡을 썰려면 우선 잘 말리는 것이 중요하다. 떡을 위아래로 바꿔 가며 서늘한 곳에서 비닐로 덮어 말린다. 도마에 가래떡을 툭 쳐서 묵직한 소리가 나면 아직 덜 말랐다는 것이고, 맑은 소리가 나면 속까지 말랐다는 신호다. 너무 마르면 고집쟁이 영감처럼 딱딱해서 썰기 힘들고, 덜 마르면 애인을 놓치기 싫은 청년처럼 들러붙어 영 성가시다.

칼을 꺼내 숫돌에 간다. 결혼할 때 친정어머니가 주셨으니 서른다섯 해가 지난 칼이다. 저녁을 먹고 온가족이 식탁에 둘러앉아 낮에 있었던 얘기를 나누며 썬다. 자기가 썰어놓은 떡이 더 예쁘다고 우기기도 하고 못생겼다고 면박을 받기도 하면서 화기애애한 가족 행사가 된다.

가래떡은 누구나 쉽게 썰 수 있다. 하지만 많이 썰기는 쉽지 않다. 왼손으로 단단히 잡고 검지로 살포시 밀면서 오른손으로 리듬을 타며 썰어야 한다. 어느 한 손이라도 부실하면 모양이 일그러지거나 속도가 느려진다. 이때 왼손 검지의 역할이 중요하다. 살짝 구부린 왼손 검지 손끝 등과 날카로운 칼이 맞닿은 곳에서 떡의 두께와 모양이 결정된다. 오른손과 왼손이 화합하여 만들어 낸 소소한 작품이라고나 할까.

너무 뉘어서 어슷썰기를 하면 모양이 커서 선머슴 같고, 직선으로 썰면 어린애 장난처럼 앙증스럽다. 적당한 기울기가 필요하다. 순간 방심하거나 하면 여지없이 검지 손톱을 베기 십상이다. 예리한 칼은 한순간도 놓치지 않는다.

그래서 한석봉 어머니의 솜씨가 놀라운 것이다. 죽림정사에서 공부하던 아들이 힘들다며 돌아왔을 때 홀어머니는 불을 끄고도 똑같은 크기로 날렵하게 썰어 아들을 서당으로 돌려보냈으니 말이다. 후에 추사 김정희와 쌍벽을 이룬 훌륭한 명필가가 되었으니 이는 어머니의 정성과 끈기와 노력이 만들어 낸 작품이지 싶다.

가래떡은 손목으로 써는 것이 아니라 어깨로 썬다. 아니 온몸으로 써는 것이다. 정성이 부족하면 예쁘게 떡을 썰 수 없다. 나도 몇 년을 썰어 왔지만 두께와 모양이 일정치 않아 가족의 건강과 행복을 염원하는 사랑만 담았다.

한참을 썰다 보면 비슷비슷한 떡 조각에서 냇물 속에 놓인 징검다리를 건너듯 벅적거리며 푸근했던 어느 해 설 전야의 일이 떠오른다. 설날 전날 밤 잠을 자면 눈썹이 하얘진다는 언니 오빠의 말에 잠을 안 자려고 안간힘을 쓰다가 그만 잠이 들어 눈썹이 하얗게 되어 훌쩍이던 일, 새해 아침 떡국을 먹으며 건네던 아버지의 덕담, 맛깔스런 음식을 차린 어머니의 손길, 형제들과 손을 호호 불며 동네 친척 어른들께 세배 다니던 흙담길, 처마 밑에 매달린 고드름, 우물 속의 파란 이끼, 논두렁 이랑이 눈에 아른거린다.

어느새 밤이 깊었나 보다. 어깨와 허리가 아프고 오른쪽 검지에 물집이 잡힌다. 발갛게 부어오른 손가락에 밴드를 붙인다. 기계로 썰면 쉬울 것을, 생각하면서도 수채화처럼 번지는 고향이 그리우면 도지는 병이니 이를 어쩌랴.

서서히 여명이 밝아온다. 결혼한 딸, 아들 내외 손주들에게 썰어놓은 떡을 한아름 싸줄 생각을 하니 내 손길에 신바람이 인다.

부치지 못한 편지

피천득 선생님과의 인연

금아 피천득 선생님이 우리 곁을 떠나신 지 벌써 십 년이 넘었습니다. 오월을 사랑하시던 선생님은 2007년 오월에 소천하셨습니다. 저는 선생님을 기리며 이 글을 씁니다.

저는 선생님을 뵌 적도, 목소리를 들어본 적도 없습니다. 신문이나 텔레비전을 통해서만 보았을 뿐입니다. 선생님을 뵙고 싶었지만 어디 그리 쉬운 일이겠습니까. 반포에 사시는 것을 알았을 때는 이미 와병 중이셨습니다.

저는 글을 통해서 선생님의 인품과 문향을 느꼈습니다. 종달새, 봄, 신춘, 오월, 찬물, 비취, 꽃, 어린이, 은전 한 닢, 보스턴 심포니, 나의 사랑하는 생활 등 진솔함과 영혼의 아름다움을 느꼈습니다.

13년 전, 송파구에 있는 서울시각장애인 복지관에서 월요일마다 두 시간씩 녹음 봉사를 하고 있을 때였습니다. 어떤 책을 녹음하는 것이 장애인들에게 도움이 될까 하고 목록을 보니 동화나 가벼운 소설책이 주류를 이루고 있었습니다. 그래서 저는 손광성 선생의 수필집《달팽이》와 피천득 선생의 수필집《인연》을 녹음하기로 했습니다. 먼저 《달팽이》를 육 개월에 걸쳐 녹음하고, 이어서 《인연》을 컴퓨터로 녹음하였습니다.

《인연》을 녹음하면서 선생님의 글에 누가 되지 않도록 열심히 했습니다. 와병 중인 선생님께 조금이나마 힘이 되었으면 좋겠다는 간절한 바람으로 부정확한 발음은 없는지 어조와 톤, 고저장단, 속도를 미리 연습하고 지난주에 녹음한 것과 소리 결이 같도록 음의 높이와 음폭을 조절해 가며 몇 번 지우기를 반복하면서 녹음했습니다. 그때 고민했던 부분은, 예를 들면 귀여운 일본 소녀 아사코와 볼이 발그레한 열일곱 살 소년의 만남을 소재로 한 〈인연〉입니다.

"아, 이쁜 집! 우리 이담에 이런 집에서 같이 살아요."

아사코의 이 대사를 어떻게 표현할까. 다정하고 애교스

럽게 할까, 아니면 순수하고 담백하게 할까. 어린 아사코의 마음을 함축적으로 표현하기 위해 여러 감정과 음색으로 녹음했습니다.

또 〈오월〉에서 '금방 찬물에 세수를 한 스물한 살 청신한 얼굴이다. 하얀 손가락에 끼어 있는 비취가락지다.' 이렇듯 비유를 통해 형상화한 작품은 독자가 의미를 되새길 수 있도록 신경썼습니다. 행과 행 사이의 감정이 끊어지지 않도록 음감을 살려 자연스럽도록 했습니다.

두 시간 동안 녹음하고 나면 눈앞에서 글씨가 아른거리고 목이 따끔거리며 몸이 뻐근했습니다. 늦가을에 시작한 《인연》은 함박눈이 내리고 꽃피는 봄을 지나 신록이 우거질 때 완성되었습니다. 녹음을 끝내고 얼마나 기뻤는지 모릅니다. 복지관에 복사본 두 장을 부탁하여 한 장은 피천득 선생님께 드리고 또 한 장은 문인에게 드리면서 전달되도록 부탁드렸습니다. 초면에 우편으로 불쑥 우송하는 것보다 그렇게 하는 것이 선생님에 대한 예의라고 생각했기 때문입니다.

함께 동봉한 편지글을 여기에 옮깁니다.

피천득 선생님께

선생님, 안녕하세요?

대지에 봄기운이 완연하더니 벌써 무더위가 찾아왔습니다.

선생님 건강은 어떠신지요.

저는 송파구 서울시각장애인 복지관에서 녹음 봉사를 하고 있는 봉사자입니다. 이번에 선생님의 작품집 《인연》을 녹음했습니다. 선생님의 허락 없이 녹음해서 죄송합니다. 그러나 시각장애인들에게 선생님의 수준 높은 문학작품을 들려주고 싶은 욕심으로 녹음했으니 혜량해 주시기 바랍니다. 참고로 이 CD는 시판용이 아니고 시각장애인들을 위해 무료로 제작한 것입니다.

선생님의 작품집을 육 개월 동안 녹음하면서 내내 행복했습니다. 녹음을 끝내고 나니 얼마나 뿌듯한지, 가슴이 떨렸습니다. 아무도 모르게 큰일을 해냈다는 기쁨과 시각장애인들에게 좋은 작품을 감상하게 해 주었다는 보람이 컸습니다.

녹음하면서 선생님의 소박하고도 진실한 인생철학을

옆에서 듣는 것 같았습니다. 아마 시각장애인들도 저와 같은 행복을 느끼게 될 것입니다. 아니 그들은 상상의 나래를 펴 더 큰 감동을 느낄 것입니다. 마음을 정화시키는 아름다운 글을 써주신 선생님, 정말 감사합니다.

갓 나온 따끈따끈한 《인연》CD를 보냅니다.

어서 건강이 완쾌되시기를 두 손 모아 기도드리면서 이만 줄입니다.

2006년 5월 10일

국혜숙 올림

선생님은 구십칠 세를 일기로 영면하셨습니다. 녹음을 끝낸 일 년 후였습니다. 선생님이 CD를 들으셨기를 바라는 마음으로 이제나 저제나 소식을 기다리고 있었는데, 원로 문인은 선생님의 건강이 좋지 않아 전달하지 못했다고 했습니다. 선생님께 작은 기쁨이라도 드리려 했는데 못내 아쉬웠습니다.

이것으로 선생님과의 인연은 끝났다고 생각했습니다. 그런데 2010년 프레스센터 국제회의장에서 '피천득 선생 탄생 백주년 기념행사'가 열렸을 때 영광스럽게도 〈나의 사랑하는 생활〉수필을 낭송하게 되었습니다. 가슴이 떨렸습니다. 선생님이 저에게 기회를 주신 거라고 생각했습니다. 다행히 반응이 좋았습니다.

작년 11월 서초구 심상기념관에서 피천득 강좌가 열렸을 때도 우연히 〈나의 사랑하는 생활〉을 낭독하게 되었습니다. 참으로 귀한 인연입니다.

괴테는 "문학은 가르치려 하지 않고 다만 감동시켜 변화시킬 뿐이다" 했고, 선생님은 "문학의 가장 위대한 기능은 우리 삶을 위로해 주고 승화시켜 주는 것"이라고 했습니다. 선생님의 소박하고도 진솔한 삶, 순수하여 영혼을 맑게 하는 삶이 문향과 함께 널리 퍼지기를 바랍니다.

선생님과의 작은 인연을 소중하게 간직하겠습니다.

나의 아버지

아버지의 목소리는 쩌렁쩌렁했다. 언변이 뛰어나 좌중을 사로잡으며 유머가 많아서 남동생과 올케들은 방바닥을 뒹굴며 눈물을 흘리기까지 했다.

그러나 불같은 성격에 '대강', '적당히'를 싫어하여 대충하면 불호령이 떨어졌다. 자다가도 벌떡 일어날 정도였다. 정직과 정도를 중요하게 생각한 아버지는 심장을 꿰뚫어보는 눈빛과 큼직한 코와 귀, 완벽한 성격 때문에 아버지 앞에 서면 누구나 작아졌다. 그래서 162cm가 작다고 생각해 본 적이 없다.

아버지는 초등학교 월사금을 못 낼 정도로 가난했다. 졸업장을 형과 반으로 나눌 정도였으니 말이다. 이십 대 중반에 영하 35도가 넘는 혹한의 만주 봉천에서 양말 다섯 켤레로 추위를 견디며 낮에는 가게 점원, 밤에는 택시운전사로 일했다고 한다. 요즘 말로 하면 투잡인 셈이다. 고생 끝에 가게주인이 되었으나 해방이 되자 돈다발을 옷에 누벼 꿰매 입고 포탄이 떨어지는 사선을 넘어 고향으로 돌아왔다. 고향으로 돌아오는 길에 겪었던 죽을 뻔한 스릴 넘치는 이야기는 언제 들어도 손에 땀을 쥐게 했다

그래서일까, 아버지의 목소리에서는 강인한 정신력이 느껴졌다. 내가 중학교 2학년, 그러니까 아버지가 오십 대 때 나무젓가락 수출제조공장이 직원의 실수로 전소된 적이 있었다. 활활 타오르는 화염과 시커먼 잿더미 속에서도 "괜찮다, 괜찮다" 직원들을 안심시키고 소방원들에게 음식을 대접하는 통큰 아버지였다. 그러나 다음날 새벽, 화장실을 가려고 일어났다가 안방에서 끙끙 앓는 아버지의 신음소리를 듣고 쉽지 않음을 알았다.

80년대 초 국내에 포플러나무가 바닥나 공장을 가동할 수 없게 되었을 때, 아버지는 중소기업 대표로 캐나다 정부에서 제공한 헬리콥터를 타고 광활한 산림을 시찰하였다. 알파벳도 모르지만 원목을 수입하여 일본을 비롯해

주위 나라에 나무젓가락을 수출해 수출 왕이 되기도 하고 우리 강산에 나무를 심어 산림청으로부터 조림왕 상을 받기도 했다.

초등학교 5학년 때의 일이다. 우리 학교는 급장이 되면 무조건 웅변대회에 나가야 했다. 학교 전통이었다. 큰 도시 대회에서 상을 받으면 학교를 빛낸 공로로 팡파르를 울리며 전교생이 신작로를 한 바퀴 돌았다. 수상자가 트로피를 가슴에 안고 돌아오면 동네사람들은 개선장군 맞이하듯 뜨거운 박수로 환영해 주었다.

아버지는 그것이 부러웠던 것일까. 내게 웅변 개인지도를 받도록 했다. 선생은 나를 우리 동네에서 가장 높은 봉산 꼭대기에 세워놓고 몇 달 동안 연습을 시켰다. 발밑에 있는 기와집, 초가집을 돌로 생각하라며 담력 훈련을 시켰다. 어린 계집아이를 무얼 만들겠다고 그렇게 열성이었는지 모를 일이었다. 집에 돌아오면 아버지는 어김없이 책상을 펴놓고 그날 배운 것을 시연해 보도록 했다. 그 덕에 몇 번이나 팡파르를 울리며 읍내 시가지를 돌았다. 아버지가 내게 물려주신 소중한 유산이다.

아버지는 전지가위를 들고 집 안팎을 꾸미는 정원사였

다. 커다란 정원석으로 길을 내어 나무를 심고 연못을 만들어 잉어를 풀어놓으셨다. 거기에 분수를 만들어 하늘로 치솟게 하고, 청포도와 단감이 열리는 과실수와 장미꽃과 빨간 동백꽃이 핀 아름다운 정원을 만들었다.

하루 일과를 마친 아버지가 현관에서 "아버지 왔다" 하면 육남매는 쏜살같이 달려가 아버지 팔다리를 안마해 드리는 것이 우리들의 일상이었다. 양팔과 다리 그리고 어깨를 꾹꾹 눌러 드리면 "어허! 시원하다" 하고 흐뭇해하셨다. 어머니가 말리지 않으면 밤새 안마를 했을 것이다.

부모님은 여섯 명의 자녀를 광주, 서울로 유학 보내고 비가 올 때나 눈이 올 때나 역으로 마중 나오셨다. 방학이 끝나 서울로 올라갈 때면 우리 모습이 보이지 않을 때까지 손을 흔드셨다. 그러고는 늘 말씀하셨다.

"최선을 다하면 못할 게 없는 거야."

서울에서 고등학교 교사로 재직하던 시절, 남녀 교사 여러 명이 지리산 산행을 하기 위해 고향집에서 하룻밤 묵은 적이 있다. 그런데 겨울 등산 초보자들은 아이젠도 없이 나섰다. 아버지는 일일이 새끼를 꼬아 배낭에 넣어 주었다. 눈이 허리까지 쌓인 산행은 자상한 아버지 손길 덕분에 더 즐거웠다.

팔십 대 중반이 되자 그토록 자신만만하던 아버지의 팔자걸음은 휠체어에 의지할 수밖에 없었다. 방사선실을 나오면서 들릴 듯 말 듯 '나의 갈 길 다가도록~' 노랫소리는 긴 복도를 울렸으며 생명을 갈구하는 젖은 눈빛은 가슴을 미어지게 했다.

햇살 따스한 봄날, 병원 휠체어를 타고 산보하던 중 불현듯 아버지의 일대기를 녹음하고 싶었다. 아버지는 흔쾌히 허락하시고 마치 어제 일인 양 가쁜 숨을 몰아쉬며 두 시간 동안 생생하게 말씀하셨다.

마지막 말씀은,

"오늘이 있기까지 내게는 기적 같은 일이 참으로 많았습니다. 감사한 일입니다. 더 좋은 일을 하지 못하고 떠나는 것이 아쉽습니다. 만일 내게 시간이 주어진다면 돈을 버는 일보다 주위를 사랑하는 일을 더 많이 하고 싶습니다."

녹음기를 든 내 손이 떨렸다. 휠체어에 앉은 아버지를 뒤에서 안아 드렸다. 눈물이 앞을 가렸다. 어려운 분들을 위해 보람된 일을 하셨지만 그래도 돌아보니 후회만 남으신가 보다.

아버지가 돌아가신 날, 하늘은 회색빛이었고 하얀 눈발이 간간이 내렸다. 조문객들은 하얀 국화잎을 관 위에 뿌렸다. 한 잎 두 잎 눈물을 뿌리는 것 같았다.

'열정과 의지로 충만한 삶, 하늘나라에 잠드시다.'

지금도 아버지의 음성이 쩌렁쩌렁 귓전에서 들리는 것 같다.

"최선을 다하면 세상에 못할 게 없는 거야."

나의 어머니

　어머니는 보라색을 좋아하셨다. 연보라 한복, 보라색 투피스, 보라색 스카프. 그래서인지 보라색만 보면 어머니가 생각난다. 보라색은 마치 어머니를 위한 색 같았다. 보라색은 세련된 도회지 색이지만 평생 시골에서 사신 어머니에게 잘 어울렸다.

　부모님이 젊으셨을 때였다. 아버지는 어머니를 위해 광주에서 서양 인형을 사오셨다. 큰 유리 안에 보라색 드레스를 입은 인형은 조개 같은 입술에 금발을 길게 늘어뜨린 팔등신으로 어른이 양팔을 벌려도 껴안을 수 없을 만큼 컸다. 그때만 해도 광주는 비포장도로를 네 시간이나 달려야 하는 거리였다.

마당에 햇볕이 가득 쏟아지는 봄날, 유리상자를 들고 머쓱하게 들어선 아버지의 표정을 잊을 수가 없다. 마치 프러포즈를 하는 청년 같았다. 그러나 정작 환호성을 지르며 좋아한 것은 우리였다. 인형 앞에 모여앉아 종알거리느라 저녁밥 먹는 것도 잊었다.

어머니는 미식가인 아버지의 입맛을 맞추느라 정성스럽게 음식을 준비하셨다. 지금도 기억나는 것은 '금풍생이'라고 불리는 생선이었다. 금풍생이는 돔과인 바닷물고기로 비늘이 강하고 뼈가 단단하다. 샛사벌 고기라고도 불릴 만큼 몇 점 안 되는 살이지만 맛이 너무 좋아 감춰둔 애인한테만 준다는 생선이다. 아버지는 그 생선과 굴비를 좋아하셨다.

우리 형제자매들은 건강한 편이었는데 아마도 어머니의 정성이 담긴 음식을 먹고 자란 덕분이지 싶다. 어쩌다 밖에서 외식하고 오는 날은 후회를 했으니 말이다.

내가 맞선을 볼 때였다. 어머니는 마치 당신이 선을 보듯 한복을 곱게 차려입고 흰 고무신 끝을 꼭 붙이고 다소곳이 앉으셨다. 그 모습을 본 상대방은 그 어머니의 그 딸이라면 더 말할 필요가 없다며 환한 웃음을 짓곤 했다.

쌍꺼풀 없는 선한 눈매, 부처님같이 큰 귀, 단단하면서도 고른 치아와 하얀 피부, 그리고 다소곳한 자태와 겸손한 말씨는 우아한 목련꽃 같았다. 아버지는 생전에 자주 이렇게 말씀하셨다.

"너희 엄마는 키가 크고 피부가 백옥 같지."

아버지는 어머니를 두고 자랑 섞인 농담을 하곤 했다. 노년에는 두 분이 바둑을 두면서 어머니가 원하는 곳은 어디든 달려가는 전용 운전기사가 되어 드라이브를 하곤 하셨다.

누군들 그렇지 않으랴만 어머니는 자녀 사랑과 정성이 각별하셨다. 그리고 박스 포장의 달인이셨다. 학교에 다닐 때는 물론이고, 결혼한 후에도 지리산 더덕, 손수 말린 김부각, 산초와 청각을 넣은 김장김치, 뒷마당에 열린 청포도와 감 등을 싸서 육남매에게 사십 년을 보내 주셨으니 말이다. 택배 박스에 '유미네'라고 쓴 어머니의 글씨를 보면 목젖이 뜨거워지곤 했다.

여고 2학년 때의 일이다. 아버지가 운영하던 공장이 대형 화재로 전소되어 어려웠던 시절, 나는 부모님께 장문의 편지를 올렸다. 대학을 포기하고 아버지의 사업을 돕겠다고 했다. 여섯 남매의 학비를 감당하는 것이 버거울 것 같아서였다. 며칠 후 어머니로부터 답장이 왔다.

'지금 포기하면 평생을 후회하니 걱정하지 말아라.'

깨알같이 쓴 어머니 편지에는 지금까지 몰랐던 내용이 적혀 있었다. 여섯 딸 중 둘째인 어머니는 가정형편이 어려워 막내 남동생을 대학에 보내기 위해 학업을 스스로 포기했는데, 그 뒤 손아래 여동생들까지 피해를 주어 후회했으니 어떤 일이 있더라도 포기해선 안 된다고 말리셨다. 만약 그때 어머니가 붙들어 주지 않았더라면 어떻게 되었을까. 아마 평생 후회하며 살았을지 모른다. 용기를 주고 희망을 준 어머니께 감사했다.

어머니는 온유한 성격에 어려운 이웃들의 이야기를 잘 들어주면서 엉킨 실타래를 풀어주는 지혜로운 어머니였다. 나중에 안 일이지만 왼손이 하는 일을 오른손이 모르게 고학생들의 학자금을 대주곤 했다.

그러나 몇 해 전 아버지를 떠나보내고 많이 외로워하셨다. 나는 어머니와 단 둘만의 여행 계획을 세웠다. 팔십 대 어머니와 오십 대 딸의 여행. 어머니는 수학여행을 떠나는 아이처럼 좋아하셨다.

"아유, 저 새빨간 단풍 좀 봐라."

유난히 경치를 좋아하신 어머니는 붉게 타오르는 단풍을 보면서 연신 감탄하셨다. 감성이 풍부한 우리 어머니. 호텔에서 싸준 피크닉 도시락을 먹으며 아버지와 있었던 일을 회상하면서 그동안의 삶을 서리서리 풀어놓으셨다. 문경새재 흙길을 내려오며 힘드셨는지 내게 의지하여 겨우 내려오셨다.

그 뒤 여동생과 어머니를 모시고 북해도에 갔을 때도 어머니는 돌아가신 아버지와 함께 왔더라면 좋았을 것을 하며 못내 아버지를 그리워했다.

그런 어머니에게 노년의 고통이 찾아왔다. 몇 년 전 빙판에 넘어져 척추를 다친 적이 있는데 그것이 기어코 어머니를 무너뜨린 것이다. 걷기가 조금 불편하다고 하시더니 얼마 후에는 신경까지 마비시켜 소변이 줄줄 새어 버렸다. 바지를 연달아 다섯 번이나 갈아입으시며 망연자실한 표정을 지으셨다. 그 곱던 피부에 검버섯이 오른 어머니는 두 손으로 소변을 훔치면서 어쩔 줄 몰라 하셨다. 나는 기저귀를 채워 드리며 속으로 울었다. '아, 우리 엄마!'

그러나 어머니는 다음날 아침에도 주일예배에 가신다

며 옅은 화장을 하고,

"유미 엄마야, 내 머리에 클립 좀 말아 주겠니?"

기저귀를 찼을지라도 팔순 중반의 어머니는 아직도 여성성을 잃고 싶지 않으셨던 것이다. 클립을 마는 손이 자꾸만 떨렸다.

나는 클립을 말아 드리며 평소 가지고 있던 생각을 어머니께 고백했다.

"엄마, 나도 엄마처럼 나이들 수 있을까요. 절반이라도 닮았으면 좋겠어요."

"무슨 소릴, 그렇게 말해 주니 참으로 고맙구나."

"어머니 딸인 것을 감사드려요."

그러던 얼마 후 새벽, 요란하게 전화벨이 울렸다. 어쩐지 불길한 생각이 들었다. 조심스럽게 수화기를 들었더니 어머니가 주무시듯이 돌아가셨다는 것이다. 믿을 수 없는 일이었다. 지난달 서울에 오셨을 때도 토씨 하나 빠뜨리지 않고 성경책을 큰 소리로 읽으셨는데, 새로운 음식을 맛보시곤 어떻게 조리하느냐며 수첩에 적던 어머니였는데, 어젯밤 삼십 분이나 통화하며 즐거운 대화를 나누었는데 믿어지지 않았다. 가슴이 마구 쿵쾅거렸다. 세상이

깜깜했다. 아무것도 손에 잡히지 않았다.

어머니가 하늘나라에 가신 날에는 추모하는 사람들의 행렬이 장사진을 이루었다. 잠자는 것처럼 하늘나라에 가고 싶다는 어머니의 기도처럼 그렇게 아버지 곁으로 가셨다. 하관 예배를 드릴 때 많은 분들이 목이 메도록 눈물 흘리는 것을 보면서 어머니는 내 어머니가 아닌 우리들의 어머니였다는 것을 알았다.

'겸손하고 온유하며 사랑을 실천하신 기도의 어머니'

비문은 어머니의 삶을 증언하였다.

오늘도 무심코 수화기를 들었다가 힘없이 내려놓는다. 가슴이 뻥 뚫린 것 같다. 맥이 쑥 빠진다. 목련꽃처럼 우아했던 우리 어머니. 하늘만 멀건이 쳐다본다.

영화 〈킹스 스피치〉를 보면서

말더듬증을 소재로 한 영화가 있다. 오래전에 개봉한 영화인데 요즘 텔레비전에서도 방영하고 있다. 현 엘리자베스 여왕의 아버지 조지 6세가 언어장애를 극복하는 실화를 그렸다. 콜린 퍼스는 탁월한 연기로 아카데미 시상식에서 4개 부문을 수상하기도 했다.

요크 공작은 네 살 때부터 심하게 말을 더듬어 대인기피증이 있었다. 어릴 적 유모로부터 정신적 학대를 받았고, 아버지인 왕은 왼손잡이를 오른손으로 강압적으로 쓰게 했으며, 선천적인 안창다리에 억지로 철제 부목을 대어 다리를 펴게 하는 정신적인 압박으로 말을 더듬게 되었다. 그런 상황에서 갑자기 왕의 자리를 승계받게 되었으니 얼마나 걱정이 많았겠는가.

윈스턴 처칠, 물리학자 뉴턴도 말더듬이였다. 우리는 말을 더듬는 사람을 보면 답답해하거나 비웃거나 심지어는 지능이 떨어지는 사람으로 보는 경향이 있다. 그로 인해 당사자는 심한 스트레스를 받아 대인기피증을 겪으며 자신감을 잃게 되는데, 요크 공작도 그런 상황이었다.

나는 이 영화를 보면서 한 소년이 떠올랐다. 초등 2학년 남자아이였는데 심하게 말을 더듬는 아이였다. 수업시간에 발표를 하면 반 친구들이 발을 동동거리며 책상을 치면서 깔깔대 집에 오면 이불을 뒤집어쓰고 울던 소년이었다. 점점 사람들 만나는 것을 기피하면서 소극적으로 변해 가는 것을 보면서 아버지는 아들 손을 잡고 찾아왔다. 눈도 제대로 못 맞추는 작은 아이가 안쓰러웠다.

말을 더듬는 이유는 정신적 · 심리적 요인과 유전적 요인이 있고, 구강구조의 문제도 있다. 아이 아버지도 청소년기에 여러 병원을 다니며 고쳤다고 하니 유전 요인이 있는 듯했다.

아이는 첫 음을 떼는 데도 시간이 걸렸다. 책을 읽을 때도 더듬었다. 다만 노래할 때는 더듬지 않아 함께 노래를 부르기도 하고 동시를 많이 읽으면서 기분을 풀어주었다. 근육이완 연습과 발성호흡 그리고 자신감을 기르는 스피치 지도를 했다. 부모에게는 야단치거나 강요하거나 재촉하거나 면박을 주지 말고 무관심하면서 응원하라고 했다.

어린 학생의 끈기와 집념은 대단했다. 감탄할 정도였다. 마치 그리스의 유명한 연설가 데모스테네스가 지하에서 램프를 켜놓고 연습하여 그의 몸에서는 램프 냄새가 난다고 했듯이 아이는 그렇게 열심이었다.

영화에서 지도하는 방법과 내가 지도하는 방법이 비슷한 것도 많았다. 언어치료사는 좀 더 적극적으로 훈련을 시켰다. 신분의 차이가 있음에도 친한 친구를 대하듯 호칭을 부르고, 음악을 크게 틀어놓고 셰익스피어의 대사를 큰 목소리로 읽으며, 안되는 발음 반복하기, 몸 푸는 운동, 복식호흡, 혀와 턱 운동, 처진 횡격막 올리기 또 심리치료로 자신감을 갖도록 했다. 흥미로운 것은 음악을 틀어놓고 자기 목소리를 녹음하면서 마이크를 뚫어지게 보며 누가 이기나 시합하도록 하는 것이었다.

재미있는 것은 술에 소독한 구슬을 입에 물고 문장을 읽도록 하는 것이었다. 우스운 얘기 같지만 일리 있는 방법이다. 그 시절에는 그 방법을 썼다고 한다. 당대 이름을 날린 데모스테네스도 자갈을 입에 물고 발음 연습을 했다고 한다.

초등 4학년 때 큰 웅변대회에 출전했다. 자신감을 키워 주기 위해서였다. 아이는 그동안의 서운함을 웅변으로 씻어 버리려는 듯 처음 출전한 연사답지 않게 우신초등학교 강당이 떠나가도록 자신에 찬 목소리로 웅변하였다. 결과는 최우수상이었다. 집으로 돌아오는 차안에서 아이는 믿을 수 없다는 듯이 운전하는 아빠의 어깨를 꼬집었다.

"아얏, 깜짝이야. 왜 그래?"

"꿈인가 생시인가 해서요."

아이는 자기 볼을 꼬집기도 했다. 믿어지지 않는 모양이었다. 그날 밤 아이는 잠을 이루지 못했다. 부스럭거리는 소리에 살그머니 방문을 열어 본 엄마는 눈물을 흘렸다고 한다. 아이가 어둠 속에서 책상 위에 놓인 트로피를 껴안았다가 다시 갖다놓기를 수차례 반복했다는 것이다.

이틀 후 대통령배 자유수호 웅변대회에서도 최우수상을 받았다. 그리고 의기양양하게 트로피 두 개를 안고 담임 선생님께 보여 드렸다. 선생님은 믿을 수 없다는 듯 고개를 갸웃거리며 교장실로 향했다. 교장 선생님은 머리를 쓰다듬어 주며 방송실에서 전교생에게 시범을 보이라고 했다. 아이는 그 후 친구들로부터 놀림을 받지 않았으며 활기찬 학교생활을 할 수 있었다.

요크 왕자는 2차 세계대전으로 영국의 운명이 풍전등화가 되었을 때 말더듬이 장애를 극복한 연설로 국민들의 마음을 안심시키고 용기를 주었다. 어린 학생도 어느새 자라 올해 미국 명문대학에서 공학박사학위를 받았다. 친구들의 놀림이 소년을 강하게 만들었는지도 모른다. 자신의 불리함을 인간 승리로 이끈 소식은 언제 들어도 가슴이 뭉클하다.

가족여행

　남편 칠순 기념으로 온가족이 괌으로 여행을 떠났다. 괌은 오래전 부모님과 형제들이 갔던 첫 해외 여행지였다. 막연하게 다시 왔으면 싶었는데 마침내 계기가 된 것이다.

　우리는 겨울에서 여름으로 순간이동했다. 미세먼지가 많으니 황사마스크를 쓰라는 방송을 듣다가 하얀 뭉게구름이 떠다니는 푸른 하늘을 보니 가슴이 탁 트였다. 퍼즐을 맞추듯 기억을 더듬어 부모님과 함께했던 시간들을 추억했다.

　그때는 딸로 왔지만 이제는 아내로서 어머니로서 또 할머니로서의 여행이었다. 괌에 오니 꿈속을 거니는 것 같았다. 지금은 안 계시는 부모님의 흐뭇한 미소와 형제들의 웃음소리가 조각이 되어 들려오는 듯했다. 날씨도 경치도

건물도 그때 그대로인데 변한 것은 내 모습과 함께했던 사람들이었다. 세월이 무상했다.

괌은 민트빛 바다색이 특별히 아름다운 휴양지다. 끝없이 펼쳐진 백사장 모래는 밀가루같이 고와 움켜쥐면 손가락 사이로 빠져나간다. 수심도 얕아 수영하기에 좋다. 바다 빛깔은 햇빛의 각도와 강도에 따라 청색, 에메랄드, 민트색, 그리고 하늘빛을 무시로 넘나든다. 물에 잠기면 내 몸에도 물감이 드는 것 같다. 나는 한 마리 물고기처럼 물속을 유영하였다. 그때도 그랬다. 수영을 즐겨하던 부모님과 형제들도 철부지 아이처럼 장난치며 즐거워했다.

바뀐 곳이 있긴 했다. 사랑의 절벽이었다. 예전에는 바다가 보이는 깎아지른 언덕에 '사랑의 종'이 매달려 있어 꽤 낭만적이었다. '사랑의 종'을 치면서 영원한 사랑을 약속했었다. 그러나 이제는 그 운치가 사라졌다. 아날로그 시대의 유물이라고 생각한 걸까. 다행히 투몬 비치에서 내려다본 바다는 여전히 에메랄드빛이었다.

공원 중앙에 있는 커다란 동상은 새로 조성되었다. 스페인 장교와 차모르족 원주민 처녀의 안타까운 슬픈 사랑이 담긴 입상이다. 우리는 그들의 뜨거운 사랑을 생각하며 가족사진을 찍었다. 우리 내외는 물론 딸 내외와 아들 내외도 사랑하는 사람을 만날 수 있음에 감사했다.

돌핀 크루즈 배를 타고 고래서핑을 하였다. 따가운 햇살을 받으며 바닷물 세례를 세차게 받았다. 물맛이 짭짤했다. 그때 뱃머리에 있던 사람들이 환호성을 질렀다. 고래가 나타난 것이다.

시커먼 고래는 무리지어 유유히 헤엄치다가 하얀 물거품을 뱉으며 높이 튀어 오르기도 하고 등줄기를 보이며 묘기를 부리더니 우리 배를 쫓아왔다. 누가 쫓고 누가 쫓기는 것인지 모르겠다. 우리가 그들의 영역을 침입한 것인지 아니면 그들이 우리 영역 안으로 들어온 것인지 모르겠지만, 우리는 한 무리가 되어 원을 그렸다. 마치 매스게임을 하는 것 같았다. 흥분을 유도하던 돌고래가 물거품을 내면서 사라지는 것을 보며 손을 흔들었다.

렌터카를 타고 섬 구석구석을 구경하였다. 차 안에서 자유롭게 담소하고 노래를 부르며 즐거운 시간을 보내니 서로서로 새삼 다정해졌다. 오빠들이 동생 눈높이에 맞춰 놀아주고 여동생이 리드하는 대로 선창하면 모두 합창하고, 숫자를 세면 큰 소리로 함께 세었더니 19개월 된 손녀가 눈에 띄게 달라졌다.

세계 일주를 한 마젤란이 처음으로 상륙했다는 우마탁 마을에 왔다. 작고 한가한 마을이었다. 하지만 스페인 통치 시절에는 이곳이 괌의 수도였다고 한다. 오백여 년 전 마젤란이 이 섬에 첫발을 디뎠을 때 어떤 느낌이었을까. 오랫동안 바다를 떠다니며 마음속에 그리던 육지 풍경이 마침내 눈앞에 펼쳐져 있다고 생각하지 않았을까.

외손자들은 바닷가로 달려가 엄지 손톱만 한 가재를 잡아 어린 여동생 손 위에 올려 주었다. 여동생은 신기해하며 즐거워했다. 나무벤치에 앉아 우람한 나무를 보았다. 오랜 역사를 증명하듯 나무 줄기에는 이끼가 가득하고 초록잎이 무성하다. 나무도 회춘하나 보다.

우리는 세상에 초대되어 가족이라는 인연으로 만났다. 할아버지, 할머니, 아버지, 어머니, 딸, 아들 그리고 사위와 며느리, 손주라는 이름으로. 그 이름에 어울리는 역할을 하며 한 울타리 안에서 가족 관계를 형성한다.

가족여행을 하다 보면 자연스레 역할이 분담된다. 세상에서 가장 소중한 것은 가족이다. 그 안에 행복과 사랑과 기쁨이 있으며 가슴 뿌듯한 즐거움이 있다. 그래서 가족은 소중하다.

부모님과 여행할 때는 불편하지 않도록 보살펴 드리는 것이 내 역할이었는데, 이제는 내 딸이 우리들의 가이드이고 아들은 종횡무진 운전하는 기사이고, 사위는 앞뒤 좌우를 살피는 친절한 보조기사이며, 상냥한 며느리는 사진을 찍고 기념앨범을 제작한다. 자상한 남편과 나 그리고 귀여운 서진, 서윤, 연재, 손주 셋은 즐겁게 여행하면 된다.

괌으로 이민간 남편 대학 동창을 삼십 년 만에 만났다. 식당에서 저녁을 먹다가 잊었던 친구 이름이 생각나 수소문해서 찾은 것이다. 친구는 어떻게 변했을까.

두 사람은 갑작스러운 만남에 무척 반가워했다. 세월은 친구의 머리에 하얗게 서리를 내렸고 남편의 머리도 흐르는 세월을 비껴갈 수는 없었나 보다. 둘은 묵은 얘기를 나누느라 시간가는 줄 몰랐다. 친구는 남편의 칠순 케이크를 준비해 놓고 있었다. 본인도 그 나이가 되었음이 새삼스러웠던 것 같다.

예전에도 지금도, 혈연이란 참으로 소중하다는 것을 가족여행은 일깨워 준다.